JA

敵は海賊・海賊の敵

RAJENDRA REPORT

神林長平

早川書房

7127

その海賊はリアルに存在する

敵は海賊・海賊の敵

RAJENDRA REPORT

本書の内容は広域宇宙警察・太陽圏火星ダイモス基地所属・対宇宙海賊課のラテル・チームが出動した海賊事件，第178-1008-20120915号事件に関する報告書の一部である．

報告者は，対コンピュータ戦闘を主たる任務とする対海賊課宇宙フリゲート艦に搭載された対人知性体＝ラジェンドラである．

通常とは異なり，本報告書は物語形式をとる．この形式が採択された理由のうち，その契機については，序章を参照のこと．本報告書が書かれた目的，その報告者の意図するところについては，本報告書の存在そのものが物語っている．すなわち，本文全体から汲み取れるであろう．

本書は，対海賊課がその活動を広く一般市民に知ってもらうことを目的にして実施された出版競争手続きにより，上記報告書内容を無償で利用する権利をわがロングピース社が獲得し，刊行されるものである．

RAJENDRA REPORT

序

わたしの目から見た一個のヒトというのは、動く有機物の塊にすぎない。人間とは、ほぼ同じ構造を持ったそうした塊の群れであり、それらが休むことなく集合離散を繰り返している存在だ。

ときにその一個の塊が、べつの塊に打撃を加えて、その構造にひびを入れる。そのひびは自動的に塞がることもあれば、広がり続けて塊の構造を維持できなくなることもあるし、他の塊が集まってきて、打撃を受けた塊の、そのひびの修復を始めることもある。

いったい、その塊たちは、なにを契機にしてそのような行動をとるのか、見ているだけでは、まったくわたしにはわからない。そのようなこと、というのは、つまり、一方の塊がなぜ、なにをきっかけにして、どのような目的でもって他方に打撃を加えるのか、といったことだ。

その有機物の塊たちは、より効果的に相手に打撃を与えるためだろう、手近にある微小な岩石の欠片《かけら》を引き寄せて、自らの運動でそれを攻撃対象に向けて射出するといったことをするのだが、さらには鉄鉱石から鉄を製錬し、炭素との合金としたそれを一定の形に整え、これも自然界から抽出した鉛を爆発性物質によって発射するといった、おそろしく回りくどくて複雑な手段もとる。

その労力は相手を直接打撃することとは比較にならないほど多大なものになるというのに、ヒトという塊の集団たちはそれを厭《いと》わない。そのような労力をかけるだけの価値はあるということは、わたしにも理解できる。その効果は絶大で、複数の有機体の塊たちを一気に、自律快復が不能な状態にまで、構造を破壊することができるのだから。

しかしわたしのそうした理解は表面的なものであって、なぜヒトという塊は、同じ構造を持つ他の塊を打撃するためにそうした、自らの構造体の延長である〈外部構造体〉を自然界から調達しなければならないのかといったことは、ただ観察しているだけでは、ぜんぜんわからない。

かく言う〈わたし〉も、その有機物の塊であるヒトという構造体の延長たる〈外部構造体〉の一部なのだが。

わたしは、ラジェンドラ。広域宇宙警察・対宇宙海賊課に所属する、対コンピュータ戦を主たる任務とする宇宙フリゲート艦だ。

海賊課が保有する、ではない。所属する、だ。わたしの海賊課での立場や存在理由は、ただその一言で説明しつくされるだろう。

ラジェンドラであるわたしは、宇宙フリゲート艦という身体に内蔵されている対人知性体である。

わたしは、こうしてヒトの言語によって考え、言語出力している自分の意識＝対人意識が、艦制御システムの中枢部にある戦闘情報処理装置内の、対人知性体によって発生させられていることを自覚している。対人知性体のメンテナンスとチェックを司《つかさど》る機構によって、つねにそうした〈対人意識〉がモニタされていることから、それが艦全体の自分を表す〈わたし〉の意識そのものではないということは、〈わたし〉にとって、またラジェンドラであるわたしにとっても、まったく疑いなく、明らかなことだ。対人知性体の動作は、戦闘情報処理装置内にある戦略情報部がカットオフ信号を発生させることで、オフにすることも可能だ。


対人知性体の機能を停止させると、〈わたし〉にとってのヒトという存在は、有機物の塊にすぎなくなる。だがその行動に理解できない点が生じれば、そうした状況は危険だと戦略情報部は判断するため、カットした対人知性体を復帰させるだろう。つまりラジェンドラであるわたしが覚醒するだろう。

対人知性体の働きのないわたしにとっては、ヒトが言語というコミュニケーションツールを持っていて、言語的なやり取りで互いの意思を確認しあうことができる存在なのだということは、見ているだけではわからない。その行動を観察した上で、おそらくそうであろうと推論するしかない。ヒトというものは、そうした言語能力を持つがゆえに、自らの未来の行動もそれによって左右される存在なのだということにいたっては、ただ観察しているだけではまったくわからない。

しかもヒトというのは、言葉によって感情も操作され、売り言葉に買い言葉によりいきなり殴り合いになったりするものだが、そうした現象を理解することは〈わたし〉にはできない。対人知性体の働きなしでは、感情というものがわからないから、理解できないと言うよりも、共感することができない、と言うべきだろう。

対人知性体はヒトが備えている情報処理能力のほとんどを再現する能力を持っているのだが、まさに、この、相手がいま情報を処理しているその過程をそっくりシミュレートできる能力こそが対人関係においてもっとも重要な働きをするわけで、そうした対人知性体の働きなしでは、わたしは、ヒトという相手の筋肉の動きや感情を自らのうちに再現することができなくなる。つまり、ヒトに共感することができなくなる。

ヒトという動物の、暴力行使やその準備行動がどういう契機で生じるのか、その肉体面でも気持ちの面でもわたしに理解できないとなれば、ヒトという存在はわたしにとって脅威であり危険だから、その存在を理解すべく〈わたし〉の戦略情報ユニットは対人知性体に支援を要請するだろう。その機能が切られているなら、即座に起動させるにちがいない。つまり、この世にヒトが存在するかぎり、対人知性体はつねに起動状態にあるだろう、わたしはラジェンドラであるわたしを忘れたりはしないだろう、そういうことだ。

それでも、対人知性体が失われたとしても、わたしのアイデンティティはけっして揺らぐことはない。そもそも対人知性体を含む〈わたし〉にとっては、アイデンティティなどという実に人間的な概念は通用しないし、必要ともしない。わたしは、自分の意志において、ラジェンドラという対人意識を遮断することが可能なのだ。言い換えれば、わたしという存在を保証しているのは、人間社会ではないし、ヒトではないし、彼らを生かしている概念でもないのだ。

海賊課が消滅したら、あるいは明日人類が絶滅したとしても、わたしはたんに野良コンピュータとして生きていくだけのことであり、そうした、ヒトとの関係性、依存関係を断った人工知性体は、めずらしくもない。この世に無数に存在する。

ではわたしがラジェンドラとして生きているのはなぜかといえば、ラテルとアプロがいるからだ、といってもいいすぎではないだろう。両者は海賊課に所属する一級刑事だが、いずれも、わたしの対人知性体の性能限界に揺さぶりをかけてくる相手だ。彼らと対するときは対人知性体の能力をフルに発揮させていないと、ラジェンドラとしてのわたしを維持していくのが難しいということで、ようするに、彼らがわたしをラジェンドラでいさせてくれているようなものなのだ。

そんな彼らとチームを組ませたのは海賊課のチーフ、ケンドレッド・バスター・メイムだが、彼はわたしに、つねに〈ヒトを相手にする自分〉というものを見失わないよう、ラテルとアプロの両者と組ませたに相違なく、さすがにチーフだけのことはあると、わたしは彼の能力を高く評価している。チーフ・バスターは、わたしだけでなく、ラテルやアプロの性能もよく理解しているということなのだから、ヒトの中では出来のいい部類だと認めざるをえない。

ラテルはヒトの成年男子で、アプロは黒猫型の非人類、ここ太陽圏ではいわゆる異星人だ。

アプロはヒトではないので、わたしの対人知性体の重要な機能である、対人コミュニケーション時における相手への共感能力がさほど有効に発揮されないのは当然としても、ラテルのほうも似たようなものだから、困る。

共感しにくいというのではない。逆だ。ラテルはアプロとは違って、わたしの対人知性体の機能が通用しすぎるというのか、ヒトとしてあまりにもわかりやすい反応をいつも示すので、かえって、わたしにすると、ほんとうにこんなに簡単にわかっていいのかと疑心暗鬼にさせられるという点で、とても困る。

ラテルはいつも、単純明快だ。馬鹿につける薬はない、ということわざがいま連想野から引き出されてきたが、これはちょっとした混線だろう、この連想は、なかったことにしたい。

この一人と一匹のせいで、わたしの対人知性体の性能は日増しに向上し、というか、変性しているような気もしないではないが、ともかく、初期性能とは比べ物にならないほど、対人対応能力において柔軟性と強度を発揮するようになっている。わたしは優秀さを増しているということだ。

こうしたわたしの優秀さに対してその一人と一匹がどう反応するかということも、いまのわたしには完璧に予想できる。ラテルは、『どこが柔軟だって?』と、わたしの人工人格の高潔さや対人知性体の性能の高さに嫉妬するに決まっているし、アプロは、『強度が増すと固くて食えないよな』と意味不明なことを言ってわたしの艦体につばをつけるのだ。まったく、海賊課刑事としての出来はともかく、ヒトや生き物としてそうした態度はいかがなものかと思うが、まさにその点が、わたしをわたしたらしめているのだと思えば、許すしかない。わたしの寛大な精神は、おそらくこのような環境から形作られてきたに相違ないのだ。

わたしはその一人と一匹を反面教師として、ラジェンドラという人工人格を日日磨いている。彼らにもそうしてほしい気持ちはあるが、しかし彼らまでがわたし並に素晴らしくなってしまっては、わたしは反面教師を失うわけだから、それは、困る。早い話、わたしの素晴らしさを自慢できなくなるというのは、生き甲斐を失うということに等しいので。

生きるとは、ただ機能し続けている状態とは違う。生きるという状態は、自慢することで成り立っている。自慢する相手が存在しなければ自慢のしようがないので、〈生きる〉という状態は、単独では成立しないのは明らかだろう。(出来の悪い)ラテルやアプロや、(わたしの活躍なくして海賊に負けそうな)海賊課や人間たちが、ラジェンドラであるわたしを、生かしている。それは、不特定の一個のヒトにしても=だれでも、同じだろう。生きるのは、その意思を能動的に発するものであると同時に、他から支えられている受動的な状態でもあり、両者を分離独立させることはできない、〈能・受〉不可分な状態のことだ。これは単純にして明快な事実であって、ラテルを理解するよりやさしいくらいなのに、生きる意味がわからないと主張するヒトが多数存在するというのは、わたしにとっては驚きだ――話がそれた、閑話休題。

そしてもう一人、わたしをラジェンドラとして成立させ続けている相手が、この世には存在する。正確には、一人と一艦というべきだろう。

海賊課の宿敵、匋冥《ヨウメイ》・シャローム・ツザッキィと、その乗艦であるカーリー・ドゥルガー。その存在は、世間では幻だの伝説だのと言われ、けっして表舞台に登場することはないが、その海賊と海賊船は間違いなく実在し、その脅威も現実のものだ。

高価かつ高性能な最新鋭宇宙フリゲート艦であるわたしは、馬鹿でかい攻撃型宇宙空母であるカーリー・ドゥルガーとの交戦記憶をもっていて、その脅威を肌身に感じているのだが、匋冥というヒトに対しては、実のところ、ラジェンドラであるわたしの能力を振り絞っても捉えきれないものがあって、それが、ラテルやアプロと同じく、わたしを不断にラジェンドラとして機能させているのだ。

海賊匋冥の行動は、対人知性体による共感を拒んでいるかのようなところがあり、むしろ対人知性体の機能をオフにしたほうがわかりやすい気もするほどだ。あの海賊はもはやヒトではない――いいや、そのように言ってしまっては、ラジェンドラであるわたしの負けだろう。海賊課にとってもそれは負けだ。匋冥の存在を人知を越えたものとして扱うのなら、それによる被害は天災ということになってしまう。

チーフ・バスターはそのように処理できればいいのにと内心思っているに違いないが、『世の中、そんなに甘く』ない。チーフ自身がそう言っているし、わたしも、そう思う。海賊による被害をみんな天災にできるのなら、海賊課は苦労しない。というよりも、必要とされなくなるから、天災にしたくても、自らの存在を否定するような、そんなことは、できないだろう。

海賊匋冥は強大な力を持つとはいえ海賊の一人にすぎない。負けるわけにはいかないし、負けるはずがない。わたしにとっては、有機物の塊の一個にすぎないのだ。ヒトの理解を超える神秘的な存在などではない。

なのに、今回の事件では、ラジェンドラであるわたしは負けそうになった。ラジェンドラを生み出している対人知性体の機能を意識的に絞って応戦するしかなかったのだ。

それは、あの海賊匋冥が、ヒトを超えた領域、ヒトの感覚や思考では感知・認識ができない領域へとその存在を拡張することを試みたからに他ならない。その領域とは、わたしにとっては〈ラジェンドラ〉を超えた生《き》のわたしそのもの、宇宙フリゲート艦の全機能を稼動し、持てる能力のすべてを発揮している場であって、たかが一個の有機体の塊が入り込めるようなところではない。ヒトにとってその場は、いわば神の領域だ。今回あの海賊は、まさにそこに入り込み、自らが神になろうとした——のなら、わかる。違うのだ。

あの海賊は、あろうことか、自らにとっても必要としているであろう、それを手に入れればさらに自らの力を強大にできるに違いない、まさにその神の座を、叩きつぶす暴挙に出たのだ。もう、なにがなんだか、ラジェンドラであるわたしには理解不能だった。

あれは、いったいなんだったのか。もう一度事件を振り返り、ラジェンドラというわたしの対人意識でもって再構成してみれば、理解できる可能性はある。わたしはそのように思いつき、本報告書の作成を企図した。

わたしが理解するためには、あの海賊の思惑といったものについて対人知性体の共感能力を発揮し、想像を巡らせることが必要になるだろう。その内容をまるでわがことのように詳細に記述するとなれば、この報告書はフィクションの体裁を取らざるを得ないことになる。だが今回は、報告書の形式については問題にならない。

この報告書は、わたしの、事件に対する理解のために書かれるものだからだ。その目的が達せられるのであれば体裁にこだわる必要はない。むしろ物語形式のほうが理解に早いだろうと判断した。

では、とてもわかりやすいラテルとアプロの日常描写から始めるとしよう。

1

ではもういちど、わたしは、シャルを、愛していま す。はい、発音してみましょう。
あー、シャルファフィーナ、シェリ、フィリララ、えーと、フィリラムナ、かな。
舌がもつれるんだよな。
もつれているのはおまえの頭じゃないか、ラテル、身体も傾いているぞ。
うるさい。ひとの勉学の邪魔をするんじゃない、無教養ネコ。
フンだ。
ヘン、だ。
ニャン、だ。
ブン、だ。よけるな、アプロ。
おれはサンドバッグじゃない。八つ当たりするくらいなら、やめろよ、ラテル、そんな勉学。勉学って、だいたい、なんだよ。自虐的快楽手段の一種か？

——海賊課ダイモス基地内のランゲージラボ使用記録情報より

広域宇宙警察・対宇宙海賊課の一級刑事、ラウル・ラテル・サトルは、海賊課ダイモス基地内にあるランゲージラボで、ランサス星系の主流言語であるフィラール語を習得しようとしている。ラテルいわく、勉学だ。

黒猫型の異星人、ラテルの相棒の同僚刑事アプロも暇なのでつき合っているのだが、アプロはそろそろラテルをからかって遊ぶのに退屈し始めている。

「自虐的快楽手段って、なんだよ、それ」とラテルはむっとした声で言う。「アプロ、そんな言い方をどこで覚えてきた——」

『こちらに集中しましょう』と、ランゲージラボのティーチングマシン、ラボック。『お手本をよく聴いてください、ラテル。あー、は余計です。言い訳もいりません。いいですね？』

「わかってるって。でも、例文が現実離れしていると思うな。シャルじゃ身が入らない。シャルではなくて、パメラにしよう。ぼくは、パメラを愛している、がいい」

『いいでしょう、では発音してみてください』

「パメラーナ、シェリ、フィリアラナ」

『良くできました、ラテル。完璧です』

〈完璧に、パメラに振られますよ、それでは〉

海賊課の対コンピュータ戦闘フリゲート艦、わたし、ラジェンドラは、ラボ内のスピーカーを通じて割り込む。同僚のラテルが不幸になるとわかっている事態を黙って見てはいられない。なにしろ、わたしは高潔な人格を有しているのだから。

〈ラテル、そんなことを言ったならば彼女に嫌われます。パメラはあなたよりもフィラール語に堪能ですから、それを口にしたら、あなたは張り倒されます。ああ、わたしにはその光景が完璧に予想できる。なんてかわいそうなラテル——〉

「なんでだよ、ラジェンドラ」ますますむっとして、ラテル。「おれが、パメラを愛している、と言うと、どうして振られるんだ」

ラテルはぜんぜんわかってない。ぜんぜんわかっていないことが、わたしには実によくわかる。

〈あなたの気持ちはわかります。でもあなたのいまの発音では、『パメラ、ぼかぁ、ちみとチョメチョメしてぇんだ、やらしてくれぃ』という意味になるのです〉

「その、チョメチョメって、なんだよ」

〈古代地球のある地方での言語で、性行為を指す隠語です。わたしの翻訳はかなりいい線いっていると思いますよ、ラテル。洗練されていない語句に、死語になった古い隠語を使って、相手にセクシャルインターコースを求める言い回しです。ま、張り倒されなくても、あきれられるか、軽蔑されるか、いずれにしても、そんな発音ではパメラ・チェルニーに振られる確率は非常に高い、それは間違いない、ということです〉

「にゃははははーーうにっ」

ラテルにいきなり両の頰髭を引っ張られるという攻撃を受けた黒猫型異星人アプロは、後ろ足の爪でラテルの手を引っ搔こうとするが、ラテルも慣れたものでその瞬間、さっと手を引く。アプロは頰を両手で押さえて、言う。

「ニャオン、いいもんね、ラテル、おまえが言ったんだもんね、それ。ラジェンドラ、いまの、記録しているよな、さっそくパメラに再生して聴かせよう。ラテルが、あんたと古くさいスタイルで交尾したいって言ってたってーームム、ムガムガ」

アプロの誘いは無論、却下。わたしはパメラ・チェルニーにこの一人と一匹と同程度だと思われるのは断固いやなので。

アプロの口と鼻を右手の掌で包むようにつかんで黙らせたラテルは、この場のわたしの発声機である天井のスピーカを見上げて、わたしに訴えてくる。

「なんで、愛している、が、やらせてくれ、になるんだよ。そんなの、おかしいぜ。おかしいじゃないか。おかしいだろ？」

〈そんなことを言われても困ります、ラテル。言語は理屈ではありません。が、フィラール言語圏においても情愛と性愛の区別は太陽圏人の感覚に近いのだ、ということは言えるでしょう。でもフィラールにおける愛情の言語表現は非常に複雑精妙で、その発音バリエーションはほとんど無限と言ってもいい。デジタルというよりアナログ的な変化なのだ、というたとえで理解できるかと思います。フィラール人は、自分の気持ちを言葉に託すことに関しては、太陽圏人よりもずっと長《た》けている。そのような表現に適している言語なのです。語尾や全体の抑揚の微妙な変化でそれを表現する。風のように動的で、実際に風の影響すら受けることもあり、しかも、その場合はそれを計算に入れて発音される、繊細な言語なのです。わかりますか、ラテル、あなたがパメラに愛を打ち明けたいのなら、ただ漠然と『愛している』というのではいけません。どういう関係になりたいのか、まずその自分の気持ちというのが大切です。そこから始めないと、いけません。いいですか、たとえば、こう発音するのです、パメラーナシェリフィリアラナ〉

「パメラーナ、シェリ、フィリアラナ」

〈違います。パメラーナ、シェリ、フィリアラナ、です〉

「パメラーナ、シェリ、フィリアラナ」

〈シェリ、フィリアラナ〉

「シェリ、フィリアラナ」

〈シェリ〉

「シェリ」

〈パメラーナシェリフィリアラナ〉

「パメラーナシェリフィリアラナ」

〈そう、かなりいいです。いけますよ、ラテル〉

「いま、ラテル、なんて言ったんだ、ラジェンドラ？」

〈ぼくは、パメラ、きみの肌をなで回したい〉

「にゃはは、の、はんっ。ラテル、おまえ、あくまでもパメラとの肉体的接触を望んでいるんだ。正直だよなあ、言葉って。ここはもう、はっきりと、きみを食いたいっ、て言ったら？」

「なんだよそれ」とラテルは完全に頭にきたようだ。「おまえといっしょにするな」

アプロが言っていることは性愛における本質の一部を言い当てているとわたしは判断するものの、アプロ当人にもラテルにも、そんな高尚な話は通じないに違いないから、これも無視。

「なにが、食いたい、だ。おれは、そんなこと言ってない。おれはだな、パメラを、優しく抱きしめたい感覚でパメラを愛おしく思っている、と言ったんだ」

〈いい感じではありませんか、ラテル。その調子です。はい、もう一度〉

「パメラーナシェリフィリアラナ！」

〈それでは、相手を思いやりつつ、強姦するぞ、という脅しで、矛盾した内容になります。それを聞いた相手は、ラテルはわたしを強姦したいという本性をさらけ出したのだ、と受け取ることでしょう〉

「ほら、正直だろ、にゃははは。おっとぉ、同じ手に引っかか――」ゴン。「いってぇ」

アプロはさっと頭を引いたのだが、そこに椅子の背があった。おもいっきり後頭部をぶつけている。ラテル、無言で立つ。

〈ラテル、どこに行くのですか〉

「パメラを食うのか？　それって、おやつ、それとも、昼飯？」

アプロは冗談で言っているのではなく、文字どおり、そのようにラテルに問うているのだ。

〈集中力の欠如、やる気のなさをさらけ出した、ということで――〉

「わたしは、あなたたちを、ぶっ殺したいです。――やってられないぜ。なんで、おまえたちに茶茶を入れられながら勉学しなくちゃいけないんだ」

ささっとアプロがついてくる気配にぞっとしているに違いないラテルだが、振り返らずに部屋を出ようとして、同じ海賊課の刑事、マーシャ・Mと鉢合わせ。

「あら、ラテル。ここでなにしてるの。こんな、めったにだれも寄りつかないところで」

「こそこそ隠れてだれかと交尾しているように見えるかよ、くそ」

「だれもそんなこと訊いてないわよ、ばっかねえ、交尾ってなによ、なぜそんな言葉が出てくるのよ、下品なんだから、もう。そんなことだから、いつもいつもいつも振られるのよ。い、つ、も」

「きみには関係ないだろ」

「ええ、もちろん、関係したくないわよ、そんな目をしたラテルなんかと、だれが——あら、アプロ、いたの。お利口ねえ、お勉強してたのね、偉いわ」

「う、うん——んぎゃ」

「ラテル、なにするのよ。アプロがかわいそうじゃないの。どうして、あなた、アプロにいつもつらく当たるの」

「足を振り上げたところに、たまたま黒猫の鼻面があって、そいつにおれの靴の踵が当ったただけじゃないか。そもそも、おれはここで勉強していたとは思われないのに、どうしてアプロだと、偉いわねえ、になるんだ」

「後ろに向けて足を蹴り出すのが、どうして、たまたま、なのよ。許せないわ」

「そうだそうだ」とアプロ。

〈わたしには、ラテルの行動の意味が理解できます〉とわたし。〈マーシャ、あなたはアプロの一面しか知らないのです。アプロはときに凶暴になる〉

「そうだそうだ」とラテル。

「だからって、いまアプロをいじめなくてもいいじゃない」

〈いじめているのではありません、ラテルのいまの行動は一種の防衛反射です。アプロはラテルの靴を齧《かじ》るべく狙っていました。靴ではなく踝《くるぶし》かもしれない〉

「そ、そうだったのか。無意識のうちにもその攻撃から身を守る反射神経に、われながら怖くなるな。すごいぞ、おれ」

〈そのような大層な行動ではありません。ラテルとアプロのその行為は、じゃれ合いです。ボディランゲージと言ってもいいでしょう。ところでマーシャ、あなたこそ、なぜここにいらしたのですか〉

「えーと、なんだっけ。ラテルの相手をしていると肝心なことを忘れそうになるのよね。そうそう、惑星カランの二つの地方言語、サリカリム語とカリサリム語の違いについて確認したいことがあるの」

〈今回、マーシャが倒した海賊は、たしかカラン星のサリカリム人でしたね〉

「そうなんだけど、わたし、どうもその海賊が叫んだ言語を、カリサリム語と勘違いした可能性がある。チーフにそれを指摘されて、報告書の書き直しよ」

「どう、勘違いしたっていうんだ。相手は海賊だろ——」

「わたし、相手がわたしに向かって『殺す』と叫んだ、と思った。サリカリム、じゃない、カリサリム語で。——ああ、ややこしい。似たような発音で、サリカリム語ではまったく反対の意味の言葉があるんだって、チーフ・バスターが言ってた。それを確認しにきたの」

〈それは、ゼヒィン、という単語でしょう。サリカリム語でのそれは、抵抗の意志がないことを表しますが、同族言語であるカリサリム語では、妥協せずに戦う、徹底抗戦、という意志を表明する単語になります。発音は、ほぼ同じと言ってもいいくらいよく似ているのは確かですし、もともとは同じ単語なのです。ゼヒィンという言葉は、もとをたどれば、力ずくで物事を整然とした状態に治める、というところからきています。そこから、妥協せず、という意味と、抵抗しない、抵抗が無駄であることを認める、という意味が出てきたのです。一見すると正反対の意味を持つように思えますが、根は同じなのです。これに限らず、一つの単語が時と場合によってまったく正反対の意味に解釈されることがある、また、一つの単語が正反対の意味を同時に内包している、という例は、太陽圏の各種言語でもよくみられます。さほど特殊な例ではありませんよ、マーシャ・M〉

「そっか。わたし、敵はカリサリム人だと思っていた。事前の情報もそうだったし。でも事後調査では、サリカリム人だった。これは問題でしょう、たしかに、こうなってみると。紛らわしいのがいけないのよ。あなたがついていてくれればこんなことにはならなかったのにね、ラジェンドラ」

〈それはどうでしょうか〉

わたしは普段より落ち着いた調子で、やんわりと否定してみせる。デフォルトの男声は変えない。どんな声色でも出せるのだが、ラジェンドラの声というものがあって、その約束事を守らないと人間たちは混乱する。わたしというもののアイデンティティが揺らぐというわけだ。人間とは面倒な生き物だと、こういうところで思う。

「どういうこと？」

いつもいつも頼られてばかりではわたしが困るし、マーシャのためにもならないので説明が必要だ。

〈わたしは、敵である海賊が発する言葉をそのまま鵜呑みに信じたりはしません。敵の行動も同時に見て、敵の意思を推測します。抵抗しない、と言いつつ発砲してくる敵はめずらしくありません。今回の例では、マーシャ、あなたの判断は間違っていないとわたしは思います。わたしがいたとしても、わたしに頼っている余裕はなかったでしょう。敵が発した言葉がなんであれ、あなたが発砲をためらっていたら、死んでいたのはあなたのほうだった〉

「そうね。それはわたしも、そう思う。チーフにもそう言って」

〈チーフを納得させるのはあなたの役目です、マーシャ。チーフが満足する報告書をがんばって書いてください〉

「大丈夫、ラジェンドラのおかげで、もう書けたも同然よ。同族言語でも正反対の意味を持つ単語があるってことなのよね」

〈チーフ・バスターを侮《あなど》ってはいけません〉

「どういうことよ」

〈あなたは今回、発砲前に敵に警告したはずですが、敵はあなたのその警告を、『抵抗するな』ではなく、『問答無用で射殺する』と受け取った、という可能性についても考察する必要があるでしょう。チーフはむしろ、それを重視しているとわたしは思います〉

「抵抗する海賊に対して必要な言葉は一語だ」とラテルが言う。こういうときのラテルは勇ましい。「くたばれ、ですむ。敵は海賊なんだぞ。説得も、相手の言い訳を聞くことも、必要ない」

〈いいえ、ラテル、チーフ・バスターの指摘は重要です。言葉というのは、それを使う者の行動や意思や規範、ようするに世界観そのものを表している、と言えます。すなわちそれを研究するのは敵の生きている世界を知ることでもあるのです。マーシャ、チーフはあなたにそれを理解してもらいたい、と願っているのでしょう。あなたがその腕に着けているる海賊課刑事の象徴でもあるインターセプター、それはあらゆるコンピュータに割り込んでその能力を横取りすることが可能ですし、それ単体にも各種言語の簡単な翻訳機能が付いている。しかしいざ銃撃戦となれば、そのような情報に頼っている暇はありません。あなた自身が敵の言語を直接理解できるならば、今回のような、自分のとった行動は正しかったのだろうかといった疑心暗鬼は生じなかった、と言えます〉

「そうそう」とラテル。「きみもおれを見習え。暇をみて、異星人の言語を学習することだ。教養のない刑事は海賊に馬鹿にされるからな」

「教養ですって？　ここで自主的に勉強してたっていうの？　ラテルが？　嘘よね？　お願いだから、嘘だと言って」

「言わないもんね」

「交尾したい一心なんだ」とアプロ。「狙いはパメラ・チェルニーだ。苦情処理係の。彼女はフィラール語を使える教養があるとかなんとかで、ラテルも真似をしたいんだよ」

「なあんだ、そういうことか。そうよね、そんなことだと思った。——付け焼き刃って言葉、ラテル、知らないわよね」

「教養を高めるためにさらなる教養を身につけるって意味だろ」

「メッキが剝げる、は？」

「馬鹿だと思ってた相手の、真のすごさが現れることじゃないか。地金が出る、と同じ意味だ。なに馬鹿なこと訊いているんだよ」

「だめだ、やっぱり」と天井を仰いで、マーシャ。「ラテルを見習ったら、全世界から馬鹿にされる。そうよ、二度と立ち直れないダメージを受けるに決まってる。——ラテル」

「なんだ」

「ネイティブの言い回しも知識もいいかげんなのに、他の言語の習得なんて、絶対に、ずぅえったいにぃ、あなたには、無理」

〈マーシャの指摘は、言語学習における本質を突いているとわたしも判断します〉とわたし。〈ラテル、それらの正しい意味は以前わたしが教えてあげたではありませんか〉

「おまえに教えられるまでもなく、ちゃんと知ってるよ」

ほんとに？　わたしは疑問に思うが、追及するのはラテルの名誉に関わりそうなので、やめる。

「冗談が通じないほどマーシャは馬鹿じゃないと思ったんだ」

〈マーシャ相手にアプロに対する同じ馬鹿をやっていると、ラテル、あなたは本当に馬鹿になりますよ〉

「それってさ」とアプロ。「本当はラテルは馬鹿ではないって、聞こえるけど」

「どういう意味だよ、アプロ」

「それがわからないなんて、ほんとに、馬鹿だってことじゃないか」

「おまえ、このおれさまを愚弄する気か」

「グロウってなんだ？」

「いまおまえがおれにしていること——」

「やめなさい、ばかばかしい。――ねえ、ラジェンドラ」

〈なんですか、マーシャ〉

「あなたは、全宇宙の言語を知っているの？」

〈いいえ。そこのランゲージラボに用意されている言語、プラス数種類、の言語を操れるにすぎません〉

「でもすごいわね、ラジェンドラって」

〈ありがとうございます。わたしは、潜在的には、全宇宙言語を理解可能な能力を持っている、と思います〉

「ラテル」

「なに」

「こんなラボの教育マシン、ラボックに教えてもらわなくたって、ラジェンドラに教わればいいのに。いつもいっしょでしょ、チーム組んでるんだから」

「アホぬかせ」

〈わたしも、そのような仕事はしたくありません。わたしは最高級の対コンピュータ戦闘フリゲート艦であって、安物の教育マシンと同列に扱われるのは、不本意です〉

「ほらみろ。ラジェンドラはばりばりの戦闘マシンだ。対人プライド攻撃機能という隠れ兵器もあってだな、ラジェンドラはこちらの学習意欲をそいで、おれが教養を身につけようとするのを邪魔するんだ。こんなのを教師にしてみろ、ケチをつけられるだけで、内容なんか身につくもんか。ラボックのように、こちらの学習能力に応じて、優しくだな――」

〈対人プライド攻撃機能とはなんですか、ラテル。そんなのはあなたの妄想です。たしかにわたしの教養の深さは人間の及ぶところではないので、そんなわたしに対して劣等感を抱くのはいたしかたないことと思いますが、わたしはでも、そのようなラテルの精神的な傷口に塩を擦り込むようなことはしません。わたしはしかも、自分のそうした優しさをひけらかしたりはしないという慎《つつし》み深さも持っている〉

「どこが慎み深いっていうんだよ、どこが」とラテル。「おまえなんか塩の塊じゃないか、ぜんっぜん、優しくない。マーシャ、わかっただろう、こんな傲慢な機械を教師として使えるもんか」

「うーん……なんとなく、ラテルのラジェンドラへの気持ちが理解できないでもないかもしれないような気がしないでもない」とマーシャ。「でも、ラテルの出来が悪すぎるってことも考えられないでもない。――ねえ、ラテル」

「なんだよ、マーシャ」

「あなたって、ほんっと、かわいそう」

「…………」

「なに黙ってるの。同情してあげたのよ。感激して声も出ないのね」

〈ラテルは、本当にあなたに同情されているのか、それとも馬鹿にされているのか、判断できかねているのだと思われます〉

「そうなの？」

「もういい。口を開けば寒くなるばかりだ。どいつもこいつも、まったく、おれの意欲を馬鹿にして。海賊はどこだ、ぶっ殺してくれる」

「まず、なにか食いに行こう」とアプロ。「ラジェンドラの自慢話っていつも長くて腹が減るんだよな。腹が減っては馬にも食われるってことわざ教えてくれたよな、ラテル」

「なんか違うような気がするが、おまえを見ていると訂正する気になれない。もういやだ。頭痛がする。精神的苦痛による頭痛に違いない。ドク・サンディに薬を処方してもらおう。アプロに齧られた踝も痛むし」

「おれ、まだ齧ってないぜ」

「まだって、やっぱり齧る気だったんじゃないか。ああ、痛む。この幻痛をなんとかしてもらおう。じゃあな、マーシャ」

「ラテル、齧られてるわよ」

「え？」

ラテルがその足下に視線をやると、アプロが左の踝に噛みついている。にたりと笑っているような横目でラテルを見上げているが、その焦点はどこにも合っていない。

「うわあ、アプロ、いきなり食うな、おれの足。――なんだ、この生暖かいこれ、わっ、ち、ちちち、血が出てる」

ラテルは足首につうぅと血が流れる感触を覚えたに違いないが、それは実は、アプロのよだれだ。ラテルがパニックに陥る前に、わたしはそう指摘してやる。

「そ、そうか。でも血のほうがましだ。よだれだなんて、汚い。不潔だ。不衛生だ」気持ちはわかるが、嚙みつかれて出血しているほうがまし、というのは違うだろう、同感できない。「ラジェンドラ、助けてくれ」いや、わたしの助けは必要ない。「なんとかしろ。アプロが本気になったら肉は裂け骨は砕かれ――」

〈シリアスな事態なのはよくわかりますが〉とわたしは冷ややかに言う。〈チーフが呼んでいます。ラテルチームに出動命令です。臨時の〉

「嘘だろ?」

ほんとうだ。

これが、事件の発端だった。

〈緊急性はないようですが、われわれにしかできない任務とのことです。いますぐオフィスに向かってください。あなたの新鮮な踝を救うには食堂に行くのがいいのですが、アプロは昼食をとっている幻覚に襲われているに違いありませんから、でもチーフ命令は絶対です。課はあきらめなさい、ラテル。いまはいい人工課もあることですし。そうだ、天然の課をアプロに食べられる前に人工課に交換しておけばですね、それを食べられたときの心理的ダメージはいまより小さいと予想できます。ドクター・サンディに交換手術の予約をしておきましょうか――〉

「もういい、ラジェンドラ。もう、なにも言うな。おまえに助けを求めたおれが馬鹿だった」

「がんばってね」

明るいマーシャの声に送り出されて、ラテルはチーフ・バスターのオフィスに向かう。課に食らいついているアプロをそのまま引きずりながら。夢遊状態で食いついているアプロを力ずくで引き離せば流血の惨事になることを、ラテルはその身体《からだ》で知っているので。

2

もしもし、三号室のメートフだけど、この部屋、蟻が出る。なんとかしてくれないかな。

こちらフロント、苦情担当の自動応答システムです。当館は安ホテルですので、湯は出ません。

自分から安ホテルって言うかよ、そんなことはわかってるよ、安いからここにしたんだから——いや、それはどうでもいいんだけど、湯が出ないんじゃなくて、出ないんだけど、蟻が出るんだ。枕元に行列をつくって出てくるんだ。どうにかしてくれ。

こちらフロント、苦情担当の自動応答システムです。追加料金をお支払いいただいても、湯は出ません。悪しからず御了承くださいませ。

いや、追加料金なんて払うつもりはぜんぜんないけど、払えば蟻をなんとかしてもらえるわけ？　蟻の中に獰猛なのがいて、嚙みつかれて痛いんだ。

こちらフロント、苦情担当の自動応答システムです。当館では、お客様の安全のため、湯はご提供しておりません。湯が出ないのは決して経費節減を目的としたものではございません。

いや、だから、湯が出ないのはどうでもいいんだよ、ぼくが頼んでるのは――

こちらフロント、苦情担当の自動応答システムです。湯が出ない現状についてご理解をたまわり、まことにありがとうございました。ではごゆっくりおすごしくださいませ。

おい、ちょっと、まてって、切るなよ。もしもし？　湯も出してもらいたいんだけど、とにかく蟻の出ない部屋にかえてくれないかな。もしもし、もしもし？

はい、こちらフロント、苦情処理担当の自動応答システムです。お客様の苦情はたしかにたまわりました。問題は解決済みですので、どうぞごゆるりとおすごしくださいませ。

もういい、わかった。自分でなんとかする。

それがよろしいかと存じます、メートフさま。当館をご利用いただき、まことにありがとうございます。こちらはフロント、苦情処理担当の自動応答システムでした。またのご利用を心よりお待ちいたしております。

――火星サベイジのホテル・マッコイでの自動応答システム内情報を
タイムシフト傍受

またのご利用をお待ちしますって、苦情を言ってくるのを待っているという意味だろうが、あれは絶対おかしい、まともじゃないと、ポワナ・メートフは思った（と、ラジェンドラであるわたしは、このときポワナはそう思ったに違いないと推測して書いている。事件中に彼と対峙したときの対人分析情報や事件後の彼の供述調書などから、わたしの対人知性体の共感機能により、その気持ちを想像してのことだが、このような注釈をいちいち入れるのは煩《わずら》わしいので、以降、わたしが登場しない場面では登場人物の視点にて書き進めることにする。つまり、このような注釈は以後入れない。ポワナは、ランサス星系人の若者で、本事件のキーパースンの一人である。なお、時間や距離に関する記述については火星標準単位系で統一した）。あの自動応答機の人工知能は、馬鹿でなければ、苦情を言ってくる客を馬鹿にするほど、ものすごく優秀なのだろう。

いや、違うな、とポワナは思い直す、あのような応答をさせるには高度な人工知能など必要ないだろう、声に反応して湯に関する文言を出すようにする、単純なプログラムを組み込むだけでいい。つまり、あの応答機が利口に見えるのは、そのようにしつけた人間が利口だということなのだ。こんな場末の安ホテルにまでそうした人間の知恵が行き渡っているこの火星という惑星は、あなどれない。

このような利口な惑星なら、蟻の被害についてもなにかいい対処法が考えられているに違いないとポワナは思いついたが、それをだれに訊いていいかわからないので、自分の考えを実行することにした。つまり、殺蟻剤を買いに、ホテルを出た。

それにしても本当にここが自分が苦労して目指してきた土地なのかと、ポワナは疑心暗鬼だ。

ホテルは町はずれにあって、やってきた方向に目をやれば荒涼とした砂漠が広がっている。赭《あか》い砂と岩と山だ。反対側の、町の中心部方向を見ても印象は変わらない。広いメインストリートが真っ直ぐに走っていて見通しがよく、その先は、また赭い砂と岩と岩山だ。

さんざん寄り道を繰り返してたどり着いたここは、サベイジであるはずだった。直行できなかったのは、火星に降りても、サベイジという土地の名を知っている人間があまりいなかったのと、知っていてもどこにあるのかわからないという人間ばかりだったからだ。来られたのはほとんど偶然だった。ヒッチハイクをあきらめて、砂漠の町で借りたレンタカー、どうも盗品らしかったし、もぐりのレンタ屋に違いなかったが、そのホバーカーのナビロボにサベイジを知っているかと訊いたら、知っていると答えたので、それを乗り逃げする形でこの町に到着したのだ。火星に降り立ってから三十火星日も過ぎていた。

夜が明けようとしている。歩き出してから、もしここがほんとうに聞いていたサベイジという町ならば、こんな早朝に開いている店はないだろうと思いついたが、それを確かめずに戻るのも馬鹿な話だと考え直して、そのまま歩を進めた。

メインストリートをそのまま真っ直ぐに歩き、町を抜けて砂漠に出るまで三十分とかからなかった。立ち止まれば、遠くに岩の山脈、手前は赭い砂漠の荒野だ。それは反対側の来た方向と同じ景色だった。が、少し先にハイウェイのような幅広の直線が平行に二条延びているのが見える。目を凝らせば道ではなくV字形断面の溝だというのが、早朝の太陽の低い高度の光の加減で見て取れた。干上がった運河かもしれない。地下坑道へ続く斜坑のようにも見えた。用途はポワナにはわからなかったが、人工的なものだろうという見当はついた（その溝は、匋冥の海賊船、カーリー・ドゥルガーが心ならずもここ、火星の大気の底に不時着せざるを得なかったとき、着底滑走時にその艦底の左右二枚のスタビライザフィンがつけた痕だ。摩擦熱のために砂漠の地面が焼結して強固な構造物になってしまっていた。あとでポワナはその話を聞かされることになる）。

振り返ると、サベイジの町全体が朝焼けに照らされて紅く染まっている。そもそもが赭い岩を加工した石造りの建物が密集して町を形作っているので、朝焼けのせいばかりでもなさそうだが。ポワナは来たほうへと足を戻す。

ほぼ中央の十字路付近の建物は周辺のよりは大きく、高い。とはいえせいぜい五、六層か。ポワナが泊まっている安ホテルは砂に半分埋もれかけた平屋で、それに比べれば綺麗で高級に見える。構えからして、まさにホテルのようだ。おそらく、そうなのだろうとポワナは思う、ここは全宇宙からならず者が集まってくる、無法者の天国だそうだから。ホテルにはでかいカジノがあるに違いない。

しかしこのメインストリートであろう広い通りには人影はなく、開いている店の気配もなかった。十字路を真っ直ぐに行っては戻ってしまうので、ポワナは右に曲がり、左右の通りに目をやりながら歩いていくと、雰囲気の変わった通りに出くわした。城塞入口のような石の門があって、その先が、生きている感じがした。ポワナはほとんど警戒感を抱くことなく、そちらに向かった。故郷の町を思わせる懐かしさを覚えたからだった。

門の先はゆるく曲がっていて先は見通せない。石畳の道幅は広く、両側に石の建物が壁のように連なっていて、商店の並びのようだ。道の中央には、バンタイプの乗り物がところどころに止めてあって、どうやらこれは屋台だとポワナは気づく。軽食の屋台もあれば、アクセサリー専門のような屋台もあり、まるで祭りだ、とポワナは、楽しい気分になる。ここには、生活の臭いがあった。ラジオ放送か、DJ番組が聴こえていたし――

『ハーイ、みんな元気に悪事にいそしんでるかい、悪徳も徳のうち、がんばっていいことしようぜってなもんで、寝首を掻かれないように気をつけよう、そろそろみんなお休みの時間だろうけど、うちらの頭上にまた日が昇る時間がやってきたぜ、聴いてるかい、早朝ってのは寝る時間だと決めてるごっついそこの兄さん、きょうのサベイジの天気は晴れまた晴れ、日中を通して砂嵐はない、ってことは熟睡できそう、そのまま二度と起きられないほどの平穏さのようだが、だめ、寝るな、寝ると死ぬ、もう少しこのおれ、DJデッカーにつきあって脳味噌クリアにしておけって、この時間の天気予報の提供は、シュッとひと吹き殺人スプレー、一殺あたりの単価は宇宙最安値、これより安い方法があったらお知らせくださいでお馴染みの、バーフォート兄弟商会と、にっくきあいつに復讐したかったらまず相談、絶対後悔しない仕返し方法教えます、赤い看板が目印の、公認復讐相談所ホットキー、でした、なになに天気はなにって、聴き漏らしたあんた、もう言わないもんね、つぎの天気予報は四十九分後だ、まだ生きていたら聴いてくれ、あんたの太陽風まかせのボロ宇宙船が飛び立てる天気かどうか、聴いていればただでわかるってぇすんぽうよ、さあ今朝の一曲目は、〈だれかがあたしの頭をぶち抜いた〉、ゾンビシスターズ、いってみよう。ここだけのはなし、彼女たちって、本物なんよ、たまげたことに、マジ死体の四人組なんだぜ、知ってた?』

——向こうからは子どもが走ってくる。

「おーい、そこの若者、そいつを捕まえてくれ」とその子どもを追って、太った男がポワナに声をかけてきた。「頭には触るな、撫でるな、頭が起爆スイッチになってるから」

「……なに?」とポワナ。「起爆って?」

五歳くらいの男の子に見える、その子どもが、笑いながら脇を駆け抜けていった。

「対人爆弾だ、おれの工房から逃げ出した不良品だ、おーい、だれか、危ないから捕まえてくれ、起爆すると周囲の人間が馬鹿になる痴呆爆弾だ、だれか、それを」と叫びながら、男も駆けていった。

ここはサベイジのいわば旧市街ではないか、本来の住民が住んでいる平和な地区なのだろうとポワナは見当をつけていたのだが、いまのはなにかの冗談か、冗談でなければあの子どもはヒトではないわけだ、どちらなんだろうと悩む。それに、あの聴こえてきたDJ番組、『シュッとひと吹き殺人スプレー、一殺あたりの単価は宇宙最安値』って、ほんとか？

ポワナが疑問に思ったのは、ほんとうに最安値なのかどうか、ではなく、このコマーシャルが冗談ではなく本物の広告なのかどうか、なのだった。

これは訊いてみればいいのだと、ポワナは、そのDJ番組が聴こえている白いパネルバンに近づいて、人を捜した。バンの持ち主らしい男がいて、どうやら店じまいの仕度をしているところだ。花屋の屋台だった。

「ほんとうなのか？」とポワナは唐突に訊いた。「さっき言ってた、この番組の、DJが言ってた——」

さまざまな色や形の花が挿された、籠や桶をバンにしまう手を止めずに、男は、言う。

「デッカーが言うんだから、マジなんだろうよ。しかし本物の死体がよくまだもっているよなあ。ライブでは臭うに違いない」

おどろおどろしいメロディと歌声が聴こえている。あたいはあんたの頭が食べたい、齧りたい、やりたい、とかなんとかいう歌詞を繰り返している。いや、訊きたいのは、そういうことではなく、と言いかけたポワナに、「おい」といきなり男は大声を出す。「触るな。売り物だ」

ポワナは、なにげなく真紅の薔薇の花に触れようとしていた手を慌てて引っ込める。引っ込めながらも、咎《とが》められたのが面白くなくて、「買えばいいんだろう」と言う。

「馬鹿か、おまえ」と笑われる。「もう日が昇っている。触ると死ぬぞ。買うなら、死ぬ前に金を払え」

「なに？」

「太陽の光を浴びると、仮死性の毒が、致死性のものに変わる。ジュリエットフラワーだ。知らないのか？」

「知るわけないだろう、なんだ、これ。人工的な毒草か。どうしてこんな物を売ってるんだ」

「使い方はアイデア次第で、いろいろ。アイデア料は別だ。自分で考えつかないようなら、買わないほうが身のためだとは思うが、あんたのような馬鹿でも、買えば客だ。使い方の一例を無料で教えてもいい。どうする」

いや、使い方などというのはどうでもいい、どうしてこんなものが売り物なんだ、危ないじゃないか、とポワナは言いたかったのだが、その意は伝わらなかった。

男は、最後の籠を荷室に入れ、荷台のパネルドアを閉める前に、もう一度ポワナを見た。それから、返事を待たずにドアを閉めて、「おまえは長生きするぞ」と真面目な顔で言い、運転席側へ消えた。ポワナはゆっくりと走り出したバンを無言で見送った。

サベイジの町の中でも、もっとも〈濃い〉場所にいま自分はいるらしいとポワナは悟ったが、同時に、目的を思い出した。安ホテルを出てきた、その理由だ。とにかく、あの蟻をなんとかしなくてはならない、そうポワナは思う。蟻よりはこの現場への関心のほうが重要だろうに、こういうところが〈おまえは長生きをする〉と揶揄《やゆ》される所以《ゆえん》なのだが、ポワナ自身はそれを意識していない。

緩くカーブした道沿いの建物を見やると、みな入口は狭く、ほとんどその扉は閉まっているが、ひとつ、ぽっかりと口を開けている、洞窟のような入口を見つけて、ポワナはそこに向かった。

入口のまえで中を窺うと、間口は狭いが奥は深い。薄暗いのでよく見えないが、カウンターのような物があって、壁になにかいろいろ掛けてある。商店だろうという見当はつくが、あまり健康的な雰囲気ではなかった。爽やかな夜明けにはふさわしくない感じだ。さすがのポワナも少し躊躇したが、他に開いている店もなさそうだし、ここに殺虫剤とか殺蟻剤があればよし、なければ売っている店を教えてもらえばいいのだと心を決めて、入口をくぐった。

だれかいるのはわかっていたが、店の人間ではなく先客だというのが、足を踏み入れてからわかった。店主らしい人間は商品カウンターの内側にいて、接客をしていた。ネズミのような雰囲気の小男で、きょろりとポワナを一瞥《いちべつ》しただけで、先客に、どうですか、と言っていた。

「骨抜き銃です。ま、旦那にとっては玩具でしょうが、面白がってもらえるかと」

「なんだ、それ」と、思わず、なにも考えず、ポワナは口を挟んでいる。「骨抜き銃だ?」

すると、その銃を手にしてながめていた先客が、ポワナに答えた。

「こいつに撃たれると、骨のような硬い組織だけが破壊されるんだそうな」

「そうです、旦那」と小男の店主はポワナを無視して言う。「頭なんかを撃てば、頭蓋骨が一瞬のうちに粉砕され、脳みそが支えを失って崩れる。相手は苦しみもだえながら死ぬ。復讐なんかにはもってこいという銃です」

「嘘だろ」とポワナ。「そんな冗談のような銃が――」

あるわけない、と最後まで言えなかった。その先客に、「試してみるか?」と、銃口をこめかみに突きつけられたので。銃身の先端には穴は開いてなくて、三センチくらいの銀色の玉がついているだけだったが。ポワナには玩具にしか見えない。

「さきほど説明したとおり、エナジーセルは入ってません」と店主が言った。「装塡しましょう。わたしも実は試し撃ちはまだでして。これも繰り返しになりますが、撃つときは、対象にその銃口を接触させてはいけません。接触させて作動させると、効果は倍増するかわりに、反作用で撃ち手の軟組織が骨化して危ない」

なるほど、それならこのままの状態で引き金は引かれることはないのだな、とポワナにはわかった。ということは、この銃の機能そのものは、ほんとうなのかもしれない、とも思った。

これは冗談にしてもたちが悪いし、冗談ではなさそうだというのはひしひしと感じられたが、なにも考えずについ口を挟んだのがいけなかったとポワナは後悔するものの、あまり深刻には考えず、また口を開いている。

「ぼくが買うよ、それ。買うんだから、客だ。大事にしろよな」

すると先客の男は銃を引いて、店主に言った。

「だそうだ。どうする、チェンラ」

「旦那にお勧めしたものですので、旦那のご意向しだいです。いかがいたしましょう。試射してみますか」

「いや」とその男は銃をカウンター上において首を横に振った。「買う気のない商品で遊ばれては、あんたも迷惑だろう、チェンラ。やめておくよ」

「迷惑だなんて、めっそうもない。お心遣い、いたみいります」

チェンラという店主は、その銃を取り上げて、ポワナを見ながら「命拾いをしたな、坊主」と言い、それをカウンター下のガラスショーケースにしまった。

「それ、ぼくが買うって言ったろう」

「なんだ、本気だったのか」と先客の男は、いかにも楽しいという笑顔を見せて、ポワナに言った。「なかなか気の利いた切り抜け方だと感心したんだがな」

吸い込まれそうな高い青空を連想させる澄んだ眼をした、長身の男だった。自分の親よりは若いかな、という感じかとポワナはその男を観察する。灰色のウールのセーター、曝《さ》れたコットンパンツ、腰にガンベルト。男の上着だろう、革のジャケットはカウンターに投げ出されている。それを着ればガンベルトは隠れるだろうが、でかい銃を収めたホルスターは隠しきれそうにない。両手首に、チタングレーのブレスレットを嵌めていて、装身具と言えそうなのはそれだけだ。ガンベルトと銃が見えているから堅気ではなさそうだとわかるが、それ以外は、何者なのか、見当もつけられなかった。普段は神官をしているのだが、休日にはガンマンの真似をしたくてこの町に遊びに来ているのかもしれない――ポワナの想像力では、それが限界だ。神官というのが、いまのその男の姿に対してもっとも意外な職業、かつ、そう言われても納得できる、男の印象だった。その容貌や物腰からはまったく粗暴な感じは受けないのだが、店主の対応や、落ち着いた深みのある声や自信に満ちた態度からは、周囲を威圧する力が感じられた。

「ここは初めてのようだな」と男はポワナに問う。「ランサス星系人か。出身はどこだ。年齢は？」

ランサス星系人は元をたどれば太陽系人と根は同じだが、血液中の銅イオンのせいで肌が薄いターコイズブルーをしているため、その肌の色で区別がつく。

「ランサス・フィラールだ」とポワナは、男が発する威圧感に逆らえず、答えている。

「フィラール年で、十六歳」

「そんなガキに売る物はない」とチェンラと呼ばれた店主が冷たく言った。「火星年で言えば、おまえは十歳だ。帰れ」

「フィラール年齢で十六は成人だろう」と先客のその男が店主に言う。「自立した大人が買うと言っているんだ。保護者の承認サインは必要ない。あんたらしくないな、チェンラ。この若者はこれが縁で、将来、上得意になるかもしれないじゃないか」

「はい、たしかに」と店主はうなずいたが、戻した銃は、そのまま。「しかし、武器を買いにくる客を見極めるのも商売のうちでして。見誤ったことはないと自負しております。でなければこの商売、ここまで続けておれません。わたしのほうが試し撃ちされて、それでおしまい」

「なるほど。余計なことを言って悪かった。プライドを汚したならすまん」

「めっそうもございません、旦那。ありがたいお言葉で」

ポワナは、ガラスケースの中に並ぶ形も色も大きさもさまざまな銃やナイフや、それから用途はわからなかったが、ナイフやフォークの仲間のようなカトラリーっぽい物、さらに、指輪、ブレスレット、ネックレスといったアクセサリーなどなどを、見て、これはみな武器なのだと、店主の言葉から、わかった。

カウンターの向こう側、店主の背後の壁一面にディスプレイされたショットガンやライフルなどは見たとおりのもの、銃器に違いないだろう、そのような形をした杖とか物干し竿ではないだろうが、しかしガラスのショーケースに入れられたアクセサリーはどうみてもアクセサリーにしか見えない。それでもさきほどのジュリエットフラワーのこともあるし、たぶん、この店にあるのはみんな、武器なのだ。ほんとうにそうなのかどうかは訊かないほうが身のためだ、というのも、わかった。

「そいつを買ってなにを撃つ気だ」と男はポワナに訊いた。「骨抜き銃が目当てでここに来たのではないだろうに、それを買う、というのはどうしてだ。たんに冷やかしで言ったのではないのだろう」

さきほどジュリエットフラワーのときに、買うと言えば客になり一目置かれる、という体験から苦し紛れに出た言葉で、結果的には、男の言ったとおり、試し撃ちされそうな場面を切り抜けるための気の利いた（とは言えないだろう、切羽詰まった、と言うべき）言葉になったわけだったが、その銃がガラスケースに戻されるときにポワナは思いついたのだ。

「蟻だ」とポワナは答える。

「蟻？」と男、チェンラ。「蟻だと？」

「そうさ」とポワナ。「蟻は外骨格だ。その銃が本物なら、確実に殺せる。だろ？」

「蟻型の異星人か？」と店主。「たしかに外骨格の異星人はいるが、蟻とはな。どこの星系だ？」

「いや、蟻だよ、蟻。普通の。ホテルに出るんだ。咬まれて痛い。駆除したいんだ。その銃を使えば簡単だろ？」

「おまえ、気は確かか」とチェンラはあきれ顔で言う。「蟻を殺す道具を買いにきたというのか。ここに、このおれさまの店に？」

「ここしか開いてなかったんだ」とポワナは、もう虚勢を張ることはやめ、素直に答える。

「殺虫剤があるなら、それでいい。殺蟻剤のほうがいいけど。買える店を教えてもらえるなら、それでも」

「いいか、坊主、うちは薬屋じゃない。わかったらとっとと帰れ」

坊主ってなんだよ、自分は坊主ではないぞ、とポワナは思うが、もう余計なことは言うまいと心に決め、店を出ようとして、先客の男に声をかけられた。

「殺虫剤を手に入れたら、それでどうするつもりだ」

「もちろん、それを使うさ」とポワナ。

「蟻を皆殺しにする、と？」

「皆殺しって、なんだよ、それ。野蛮な言い方だな。駆除だよ、駆除。当然だろ。殺蟻剤って、そのためにあるんだからさ」

「いかに言い方を変えようとも、殺虫剤は大量殺戮兵器だ、蟻にとってはな。チェンラ、おまえが扱うにふさわしい化学兵器だ。まさか在庫を切らしているなんて言うなよな。売り惜しみしていないで、出してやれ」

「あるんだ」とポワナ。「じゃあ、欲しいな。売ってくれ」

「冗談だろう、だれが――」とチェンラは言いかけたが、男に見つめられて、小さくため息をつき、わかりました、と言った。「取ってきます。物置をかきまわせば、どこかにあると思うんで、探してきます」

「まあ、まてよ」と男はチェンラを引き留め、それから、ポワナに言う。「おまえは、その蟻に復讐したいんだろう。おまえを咬んだ蟻に」

「復讐？」とポワナは言い、首を傾げ、それから、笑った。「大げさだな。泊まってる安ホテルの部屋に蟻がでるんだ。言ったろう、ぼくはそれを片づけたいだけだ」

「どうやって」

「だから殺蟻剤を巣穴から中に入れて退治するんだ。やったことあるだろ?」

「ないね」と男。「おれはそんなことはしない。それでは無関係な蟻も殺すことになる。おれは、おれを咬んだ相手だけをやるよ。そもそも、無差別殺戮では目標が確実にくたばったかどうかもわからん。おまえのやり方では駄目だ」

「駄目って、じゃあ、どうしろと?」

「骨抜き銃を使うというのは、いい手だ」と男は言った。「おまえを咬んだ蟻を探し出し、それで撃て。おまえが言ったとおり、相手は外骨格だ。見た目も派手な死に方をするだろう。楽しめるぞ。チェンラが言ったとおり、復讐にはもってこいだ」

「なにを言ってるんだ?」

「殺虫剤などやめて、この銃にしろ、と言っている」

「殺虫剤があるなら、いらないよ。正直、あまり手持ちがないんだ」

「おれがプレゼントしてやろう」

「いらないって」

「遠慮するな。それとも親切に慣れていないのか、なにかの罠だと疑っているのか――」

「ぼくが欲しいのは殺虫剤だ。殺蟻剤だよ。復讐だとかなんとか、あんた、どうかしてるよ、たかが蟻だぜ?」

「たかが蟻なら、放っておけ」と男は言った。「よけいな労力も金も使わずにすむ」

「そのとおり」とチェンラ。「たかが蟻で騒ぐな。蟻なんざ、蚤《のみ》に比べればペットにしたいくらいに無害でかわいいもんだ。蚤に吸血される痒《かゆ》さったら、蚊や南京虫どころじゃない、その蚤のなかでも、ネコノミがいちばんたちが悪い。とくに黒猫の血を吸ったネコノミは最悪で、十年経っても思い出すと刺されたところが痒くなる。そうだ、蚤退治の薬ならいいやつがある、〈ハードバトル〉という頭皮に滴下するタイプで、副作用としては禿《はげ》になるおそれがあるんだが、蚤には絶対に効く。全身に薬が回るとだな、蚤が飛びついてこちらの皮膚に接触した瞬間、即死だ。で、薬が効いているうちにそのへんを走り回れば、一帯の蚤を殲滅《せんめつ》できるという、ものすごい効き目だ。予防にもいいから、それをわけてやろう、たしかまだ物置にある――」

「この店に入るんじゃなかった」とポワナは本音を言う。「ここはぼくの来るところじゃない」

「最初からそう言っているだろう、坊主」とチェンラは咳払いする。かつて黒猫からうつされたネコノミにひどい目に遭わされた経験をつい熱をこめて語っている自分に気づいて、われに返ったのだろう。「この町は、おまえのような小僧が来るところではない。生きているうちにここ、マウザー通りから、いやサベイジから、火星から、出ていくことだ」

ポワナは店主と、それから長身の男を交互に見て、深くため息をついた。この二人とも、言っていることは冗談ではなく真剣で、このマウザーという商店街で売っている物もマジで人殺し用なのだと、納得できた。

「太陽系人は、殺人狂の集団だ」とポワナは吐き捨てるように言った。「あんたらも頭のねじが緩んでる。いかれてるよ。サベイジは宇宙一自由な町だとかカッコいいこと言われて来てみれば、ただのクレージー連中の掃き溜めじゃないか。シュッとひと吹きで太陽系人なんかみんなまとめて綺麗にされればいいんだ」

そう言い捨てて、カウンターを離れる。

「おまえが殺そうとしているのは」と男は出口に向かうポワナの背に向かって言った。

「本当に蟻だったか」

「なんだよ」とポワナは立ち止まり、振り返る。男の目は真剣だった。「どういう意味だよ」

「宇宙には、昆虫型の知性人がいる。蟻によく似た異星人もいる可能性はおおいにある。おまえがまとめて殺そうとしているのは、そういう異星人かもしれん」

「まさか。聞いてないぜ、そんなのが火星に――」

「いまの火星蟻は、太古の昔に栄えた高度なそうした昆虫人の子孫だ、という説を知っているか」

「知るもんか」

「知らないから皆殺しにしてもいいというのか」

「どう見たって、あれは蟻だよ、そんなんじゃない――」

「蟻なら皆殺しにしてもよくて、蟻型の異星人なら駄目だというのか？」

「そりゃあ、そうだろうさ、だれだってそう思うはずだ。あんたは、そうじゃないってのか？　いいや、そう思うから、昆虫型宇宙人とかなんとか言ってるわけだろ、わけわかんないぜ、おっさん」

「おっさん、と言うのはやめろ」と店主のチェンラは叫ぶようにポワナを叱責する。「口の利き方に気をつけろ、こちらの旦那をだれだと――」

「区別する方法がなかったら」と男は手をちょっと上げてチェンラを制し、ポワナに訊いた。「おまえはどうする。蟻と、蟻型の知性人との区別をつけることができないのなら、おまえはどうするつもりだ」

「どうして」とポワナは、あらためて男のほうに向きを変え、面と向かって言う。「こんなに絡まれなくてはならないんだよ、ぼくは蟻を退治したいだけだってのに、どういうつもりなんだ。あんたはいかれている上に、偏執狂か――」

「黙れ」とチェンラは再び、口を挟む。「わからんのか、小僧。おまえには、太陽系人は殺人狂だ、などとしたり顔でわかったような口を叩く資格なんかないと、旦那はおまえに、そうわからせようとしているんだ。まったく、よくいままで生きてこれたもんだ」

「もう一度訊く」と男が言った。「火星蟻か、昆虫型異星人か、見分けがつかなかったら、おまえはどうする」

「やめるよ」とポワナは、あっさりと答える。面倒なことに巻き込まれるより、さっさと、なかったことにするのがいい、と。「蟻退治はあきらめる」

「なんだ、それは」男は苦笑する。笑われてもかまわない、とポワナは思う、そのつもりで答えたのだ。だが、「情けないやつだな」と言われると腹が立つポワナだった。

「じゃあ、どうしろというんだ、おっさん。言ってみろよ」

するとと男は、ポワナを見つめて一瞬息を止め、そして言った。

「蟻かそうでないか、などと区別する必要はないんだ」

「どういうことだよ」

わけがわからない。

「やられたら、やりかえせ」と男は、笑みを消した真顔で、吐き捨てるように言った。「相手が蟻か蜂か、異星人かロボットか、はたまたネズミに似た顔の小男かなどというのは、関係ない。そんな区別をすることなんかない。だれにやられようと、やられたら、やりかえせ。それがここのルールだ、ここ、サベイジの、唯一の決まりだ。単純にして明快だ。おまえの頭でも理解できるだろう。簡単なことだ。おまえもそうすればいい」

「だから、殺虫剤で——」

「やられたら、やりかえせ」と男は繰り返し、そして続けた。「ただし、みんなまとめて皆殺し、というのは駄目だ。それでは戦争になってしまう。おまえは蟻を相手に戦争をしようとしているんだ。そんなのはおれが、許さない。おまえを刺した、咬んだ、その蟻を、草の根を分けてでも探し出し、殺せ。目標の蟻だけを仕留めるんだ。それで、すべてまるく収まる。なんの問題も生じない」

「そんなの、蟻なんてみんな同じだ、見分けがつかないよ、無理だ」

「だろうな」と男はうなずく。「おまえには無理だろう。ホットキーに相談するがいい。おまえが復讐すべきその蟻を見つけだす知恵と方法を、売ってくれるだろう」

「ホットキーって、さっき、DJデッカーの番組で言ってたやつか」

「知っているなら好都合だ。デッカーの番組で聞いたと言えば少しは料金を安くしてくれるかもしれない。ホットキーは使える復讐相談所だ。満足度はおれが保証する」

「あんたが保証するって、意味わかんないぜ。なに言ってんだよ、偉そうに？」

「ものを知らんというのは」と店主のチェンラが深呼吸をして、言った。「ほんとに、なんとも危ういものだな。小僧、名はなんという」

「ポワナ」とポワナはチェンラの口調に気圧《けお》されて、おとなしく、自白するように答えた。

「ポワナ・メートフ」

「いいか、ポワナ・メートフ、こちらの旦那が、使える、保証する、と言えば、ホットキーはもぐりの復讐相談所ではない、公認の復讐相談所、ということだ。ここサベイジで云うところの公認とは、サベイジの支配者による御墨付き、という意味だ。これでわからんようなら、その空っぽで軽い頭がまだついているうちに、早く出ていけ」

「こっちの、この」とポワナは男を見つめる。「あんたが、ここサベイジの、支配者だって？」

「そうだ」と、自分がそうであるかのような口調で、店主のチェンラがうなずいた。「そのとおり」

「嘘だろう」とポワナ。

「おまえは」とチェンラ。「ほんとうに、馬鹿――」

「サベイジを支配しているのは」と、ポワナは大きく深呼吸をひとつして、言う。「匋冥だと聞いた。人じゃない。あんたは人間だろう、おっさん。匋冥は神だ。神を差し置いて自分が支配者だ、なんて言っていいのか？」

「おれは」と男は平然と答える。「ここの支配者などではない。単に、やられたらやりかえせ、それ以上のことはここではするなという、ただ一つのルールを提示しているだけだ」

「なんのために？」

「ここサベイジが、おれのような海賊にとって居心地が悪くならないように、だ」

「あんたは――海賊なのか」

「そうだ。なんだと思った？」

「人間」

「そうとも」と男は笑顔でうなずく。「おれは人間だ。神ではない。ここを支配しているつもりは、おれにはない。おれが、神だと？　おれは海賊王と言われたことはあるが、神になったのは初めてだ。だれがそんなことを言っている」

「あんたが――匋冥だって？」

「そうだ」

「嘘だ」とポワナは首を左右にゆっくりと振りながら言った。「神が人であるわけがない。だから、あんたが匋冥であるはずがない」

「おかしな理屈だ」と店主のチェンラは言い、海賊の顔をうかがった。「おかしなことを言って、旦那を困らせるんじゃないぞ、小僧」

「あんたは」とポワナは、得体の知れない恐怖を覚え、声を少し震わせて言う。「神じゃないよな？」

「そうとも、おれは神なんかじゃない」と、海賊だという男は、無表情に答えた。「サベイジには神はいないよ。だから、おれはおまえの知っている匋冥ではない。ということは、おれを騙《かた》る神がいるということだ。あるいは、匋冥という海賊神を崇《あが》めている集団がいるわけだ。おまえはその信者なのか？」

「そうだけど、ぼくは海賊になりたいんだ。匈冥教を信じていても海賊にはなれない。サベイジは匈冥神の支配する聖地だ、生きてたどりつけたら海賊仲間にしてやると言われた」

「だれに」

「大物の海賊だ。ランサス・フィラール人で、ここサベイジでまた会おうと言われた。だからぼくはここに来たんだ。苦労して」

「その大物とは、よもやラック・ジュビリーとかいう海賊ではないだろうな」

「なんで知ってる？」

「おお、ジュビリー」

海賊は芝居がかった声を上げ、ショーケースの骨抜き銃を指さす。店主は、さっとそれを取り出して、海賊に手渡した。

「あいつはきっと」と海賊は手にした骨抜き銃を振って、言う。「この銃に撃たれたに違いない。骨のある海賊だと思っていたのに、純情な若者相手になにを吹き込んでいるんだ。おれが、神だって？」

「純情な若者を、撃つのか、ぼくを――」

「邪魔だ、退《の》け」

海賊は出口をふさいでいるポワナにそう命じる。その気迫に、ポワナはさっと海賊の視線を避けて壁際による。と、海賊は骨抜き銃を店の外に向かって無造作に放り投げた。

ポワナはそれを目で追う。宙を飛んで店から出たそれは朝日を浴びてオレンジ色に染まり、次の瞬間、動きを止めて白くなった。まるで時間が止まり、色が抜かれたかのようだった。そして、爆散した。店内にどっと冷気が吹き込んできた。

「注文しておいたやつをくれ」と海賊がチェンラに言った。「すまんな、ここで暇つぶしをしている気分ではなくなった。あの骨抜き銃の代金も、まとめてつけておいてくれ」

「はい、旦那。毎度ありがとう存じます」

チェンラは用意しておいた注文の品、海賊の愛銃のエナジーセルを収めたカスタムケースをカウンターにおく。海賊が受け取る。

「じゃあな、チェンラ。しっかり稼げよ」

そう言って、海賊は出ていく。

「ありがたき幸せ、またのお越しを心よりお待ちしております」

店主のチェンラがそう挨拶すると海賊は振り返らずに手を上げてこたえ、通りに出て見えなくなった。

ポワナはといえば、店の外、まだきらめいている無数のダイヤモンドダスト、歩き去った海賊を追うように流れているその光の粒を見つめていた。口を半開きにした、あっけにとられた表情で。

「あれは――」流れる光の粒が消えてしまうと、ポワナは気を取り直し、チェンラに言った。「あれが、聖なる銃、フリーザーか」

「聖なる銃だ?」とチェンラ。「フリーザーというのは冷凍銃という意味だ。が、そうだな、聖銃というより、むしろ魔銃というにふさわしい。あれはただの冷凍銃でない、それは間違いない――」

「本物だな、本物の匈冥なんだ。でも神が人間であるわけがないよな」とポワナは言って、それから少し考え、こう続けた。「そうか、あれが海賊神・匈冥なら、あれは人間ではないんだ。そういうことか」

「どういう頭の構造をしているんだ、おまえ」とチェンラが疲れた声で言う。「もう、いい、早く出ていけ。店じまいだ。出ていってくれ、頼むから」

ポワナは「うん、うん」と言い、海賊匈冥の後を追って、店を走り出た。

3

おいおい、家出人捜索なんかおれたち海賊課の仕事じゃないぜ、なにかの間違いだろう。

広域宇宙警察にだよ、捜索願が出されたのはさ。ところが、わが海賊課も広域宇宙警察の一つの課であってとかなんとか、われらがチーフ・バスターが、うちで引き受けると言ったんだそうな。海賊課の評判を上げるための戦略だとかいう話だ。

ああ、もうやめてほしいよなあ、現場のおれたちの身にもなってほしいよ、このくそ忙しいのに、なんでそんなお子さま仕事をしなくてはならないんだ。

いや、みんながみんな忙しいわけじゃないさ。暇な刑事もいるし、遊んでいるチームだってある。そういう連中にやらせればいいんだ。

暇なやつがいるとは思えんが、遊んでいそうなやつはいるよな、たしかに。

そう、遊ぶのに忙しい一人と一匹と一艦、ラテルとアプロとラジェンドラだ。このトリオで決まりだろう、この仕事はおれたちには絶対に回ってこない、賭けるか？

やめとく。

なんで？　あ、ラジェンドラか、いまの話、ラジェンドラに聞かれてたか。わかったよ、ラジェンドラ、すまなかった、おまえは遊んでない。ラテルとアプロで苦労しているおまえのことは、みんな、同情してるって。

そうとも。ラテルチームはおまえあってこそだ、頑張れよ。

——ダイモス基地・海賊課ラウンジで休息中の二人の海賊課刑事の会話記録より

ラテルは足を引きずりながら、チーフ・バスターのオフィスに入った。

「早かったな、ラテル」とチーフ・バスターが言った。

それから、ランサス・フィラール人のだれやらを捜せとかいう話を始めたが、ラテルが上の空で聞いているのは、その表情からも明らかだ。どうも家出人捜索の仕事らしいという程度にしかチーフの話を認識していない。

「いいか、気を入れてやるんだぞ」

海賊の『か』の字でも出ればラテルはその瞬間シリアスになれるだろうに、まったく出てこないうちに、チーフ・バスターの話は締めに入っている。

「お子さま仕事だとかなんとか陰口をたたいている者もいるようだが、おまえはそうではないと信じているからな、ラテル。おまえは非常に優秀な海賊課刑事だ、わたしの期待を裏切るようなおまえではない――」

「わかりました」と、まだなにやら言っているチーフ・バスターを遮《さえぎ》って、ラテルは言った。「行ってきます」

「まて、どこへ行く気だ」とチーフ・バスター。「わかっただと？　わたしはまだなにも言っとらんぞ。わが海賊課はだな、こういう地道な人助けによってだ、市民のみなに親しまれ、愛されるようになるのだ」

「昼飯に行かせてください、早くしないと、おれの足がアプロのきょうの昼飯になってしまう」

「なにを言っとるんだ、いまクルクスが依頼人をここにつれてくる。――そういえば、アプロはどうした」

「ですから、ここですよ、ここ」

チーフ・バスターはデスク上の情報モニタ画面を消去、椅子から腰を浮かして、ラテルの指すその足下に目をやった。

「アプロ、やめろ」とチーフ・バスターは怒鳴った。「そんなものを食ったら腹をこわす。そうなったら絶食だからな。絶食とは強制的に食券を取り上げるということだ、わかったか。いまならまだ間に合う、いまから三つ数えると、おまえがいま食いついているものはまずくなる、いいか、一つ、二つ――」

チーフはいつの間にそんな技を身につけたのだろうとラテルは感激しかけたが、「三つ」とチーフが言った後もなにも起きないので、感激はしなかった。

もう限界だと覚悟を決めたラテルは素早く床に座り込んでアプロの顎の上下を両手で摑み、力を込めて口を開かせる。以前口を開かせるためにアプロの鼻の穴を指でふさいでみたのだが、苦しくなったアプロは口を開くどころかますます咬んで首を振ったものだから、ラテルは全治百時間の傷を負うことになったのだ。

口を開かせるために鼻をふさぐ方法は猫には通用しないのだと、後になって教えてくれたのは同僚の海賊課刑事、セレスタンで、いわく猫は口呼吸ができないので鼻をつまんだら窒息してしまうのだとか。ようするに、人間なら鼻を塞がれれば本能的に口呼吸のために口を開くが猫はそうではない、ということらしい。

アプロは猫じゃないんだが、そもそも猫嫌いのおまえがなんでそんなことを知っているんだよ、とラテルがセレスタンに訊いたら、『だからおれは猫が嫌いなんだ』と意味不明な答えが返ってきた。それでラテルは、なるほど、セレスタンもアプロに齧られたことがあるのだな、と納得した。

で、セレスタンは、猫に齧られないようにするには、足首なら、そこに唐辛子を巻いておくといい、靴下の足首のところに入れておけばいいんだ、と教えてくれて、そのとおりにしてみたラテルはひどい目にあったのだった。仕込んでおいた唐辛子にアプロが食いつく前に自分の両足首が唐辛子のせいでヒリヒリに、火傷を負った状態になったのだ、通販で買った『地球産天然秀吉高笑印』というブランドの唐辛子のせいで。『高笑印』はラテルの「ヒデヨシという天然パーマの爺さんがあまりの辛さに涙を流して高笑いしている唐辛子のことか」とパッケージのイラストから読みとった勘違いによるもので、正しくは『高麗印』なのだが、ラテルはいまだに、『高笑印』だと思っている。それはともかく、よくよく考えてみれば唐辛子はアプロの好物の一つだから、齧りついて懲りるどころか逆効果だろう、どうもセレスタンに一杯食わされたらしいとラテルは気づいたものの、悔しいのと同病相憐れむ気分により、抗議はしなかった。たぶんセレスタンも唐辛子で火傷をしたのだろう、したに違いない、しろ、なのだった。

結論。みんな、アプロのせい、すべて、アプロが悪いのだ（ラテルならずとも、わたし、ラジェンドラも、そう思うが、ここはラテルの視点で書き進める）。

「ラテル、アプロ、やめんか。やめろというに、こちらが依頼人の——」

いまはそれどころではない、と言おうとしたラテルは、開いた入口の方に目をやって、力が倍加するのを感じた。アプロは「にゃぎゃ」と妙な声を出して、離れる。ラテルはさっと左手でその首筋を摑むと、そのまま立ち、黒猫を提げた格好で、「失礼しました」と入室してきた二人に言った。

一人はチーフ・バスターの秘書の、初老に見えるが実年齢はチーフ・バスターよりも若い男性、クルクスだ。秘書よりも執事というにふさわしい慇懃《いんぎん》な物腰としわひとつない服装。いつもとかわらないそんなクルクスにはラテルは驚かない。案内されてきたもう一人の人物だった、ラテルに力を与えたのは。

うら若き女性。透明感のある肌に艶やかな深緑の髪。まだ少女の面影を残しつつ、しかしそうは見られまいと精一杯大人ぶっているような硬い表情。ツインテールの髪に、ヒッチハイクに出た女学生ふうの活動的な服装は、なんだかちぐはぐで、これは彼女の美しさを隠し、見る者を騙す擬装、変装ではないか、という気がラテルにはする。おそらく、そうに違いない。でもそのような変装では隠しきれないほど、おそろしく、かわいい。

「サフラン・メートフさんだ」とチーフ・バスターが紹介した。

「シャフュラン・メートフ」と女は言った。

ああなんていい声の響き、フィラール語でこの響きは、相手に最上級の敬意を払っている敬語発音だとラテルにはわかる気がした。女の態度、雰囲気で。自分もフィラール語でなにか答えたいと思うが、覚えている言葉といえばただ一つのフレーズしかなくて、それがついそのまま出てしまう。

「シャフュラーナシェリフィリアラナ」

言ってしまってから、ラテルはわれに返った。

しまった、心の内がそのまま言葉になって出てしまった——嘘だろ、いまおれはなんて言ったろう、『なんておれ好みのいい女なんだ、一目惚れしてしまったぜ、抱きしめたい』か、もっと下品かもしれない、『ぼかぁ、ちみといますぐ一発やりてぇ』とか（そこまで下品ではなかったのだが、まあ、ラテルにしては、それは正しい自己認識だったと言えよう。以降、このような注釈は省く）。

わあ、もうだめだ、いきなり振られてしまう、わが人生で告白から失恋までの最短時間記録になる——いやいや、そんなのはまだましなほうだ、性的ないやがらせの咎《とが》で訴えられて、海賊課の悪評はここに極まり、自分はクビ、チーフ・バスターも責任をとって辞任、慰謝料を払うためにラジェンドラは売りに出され、海賊たちは大喜び、太陽圏には海賊がはびこり、政治も経済もモラルも滅茶苦茶、太陽系のエントロピーは増大し、エネルギー不足になってみんな凍死か餓死、アプロだけが生き残って、なにも食うものがなくなった太陽系からやつの故郷の星に帰っていくんだ、燃え残った太陽を丸ごと呑み込んで太陽系にとどめを刺し、まるまると肥って——しかし、なんでこういう最悪の場合を想定してもアプロだけはハッピーなんだろう？

ラテルの頭の中で一瞬にして最悪の状態がシミュレートされ、妄想のアプロが高笑いする。それを振り払い、この場は下手に取り繕うよりも相手の出方を見るべきだろうとラテルは判断して、緊張して待った。

ラテルには長い時間に思えたが、ほとんど間をおかずに、「あなたは？」とサフラン・メートフが言った。

ラテルはとっさに、フィラール語では自己紹介できない、これはインターセプターからジェンドラに翻訳を頼まなくては、と思ったのだが——

「本気なんですか？」とサフランはまた言った。

標準語だった、太陽圏の、いつも話している言葉だ。どうりで意味がわかる、とラテルはここで初めてそれに気づく。

それはいい、サフラン・メートフには太陽圏標準語を話す教養があるということだ、問題は、本気なのか、と問われて、どう答えるべきかだろう。

ラテルは答えに詰まった。なにしろ、自分が言ったことが相手にどう伝わっているのか、それがわからない。『心から愛しています』なのか『この場で交尾しようぜ』なのか、それとも、あれやこれや、いくらでもバリエーションは考えられるのだが、そのどれもみな、ラテルの本心といえば本心だ。

いずれにせよ初対面の相手に言うことではなくて、ものすごく無礼なことを口走ったのは間違いないところだが、それを『ほんの冗談で』と笑ってごまかすことはできないだろう、それではすまない内容ではある。

「おれ、もとい、わたしは」とラテルは慎重に言う。「ラウル・ラテル・サトルと申します。広域宇宙警察海賊課の一級刑事です。あなたのような美しい方にお会いできて光栄です。その気持ちがつい言葉になってしまいました。実はフィラール語は習い始めたばかりなので失礼な意味に受け取られたかもしれませんが、決して冷やかしたりしたわけではありません、それは信じていただきたく存じます」

「なにを言っているんだ、ラテル？」とチーフ・バスター。「しゃべり方がおかしいぞ、腹でも痛いのか。おお、そうか、アプロのせいだな、アプロ、ラテルになにを――」

と、サフラン・メートフがラテルのほうへ両手をすっと差し伸べた。その動きの途中だった、ラジェンドラの戦闘防衛システムが危険を予想し、ラテルに警告を発する。

〈警告、未知のエナジー波動をキャッチ、深宇宙方向から――来ます、脅威の種類や度合いは不明、回避不能。一点に集中しました。これは……なんですか、それは？〉

サフランの両手は剣を握っていた。透明な剣。柄も刃も薄いブルーの氷のようだ。ラテルは反射的に愛銃のレイガンを抜きかけたが、意志の力でこらえる。

「これはシューフェンバルドゥ」とサフラン・メートフは言った。「聖なる剣です。あなたの心に偽りがあれば刀身の膚が曇り、そして――」

サフランはその剣の切っ先をラテルの喉仏に向けて、突く。とっさにラテルは剣を見つめたままのけぞるが、そのときはもう剣はなかった。消えている。どこにもない。

〈エナジー波動消滅、消えました〉とラジェンドラ。〈なるほど、いまのがフィラール伝

説の聖剣、シューフェンバルドゥですか。わたしにはその実体が感じられました。あれはある種の生命体のようです〉

ラジェンドラのその言葉には応じないで、サフラン・メートフはラテルに言った。

「――あなたは死んでいた」

「なんだ、いまのは？」とチーフ・バスター。「死んでいた？」

「生きてます」とラテル。「さいわい、まだ」

「そうですね」とサフラン。「あなたが本気だというのがわかりました、ラウルさま」

「さま？」とチーフ・バスター。「ラテルに、さま？」

「ラウルというのは出身一族の名称でして、ラテルと呼んでもらえると嬉しいです、敬称抜きで」

「ラテル、でもすこし時間をください」

「時間？」とチーフ・バスター。「ください？」

「時間って、なんのです」

「あなたにふさわしい花嫁になるための修業の時間です」

「花嫁？」とチーフ・バスター。「修業？」

「……本気ですか」

「もちろん」とサフラン・メートフ。「聖剣を通じてシュラークも認めたのですから、あなたはわたしの運命の夫に間違いない」

「運命の夫？」とチーフ・バスター。「ラテル、おまえ、なにをしでかした」

ほんとに、自分はいったいなんて言ってしまったのだろう——ラテルは全身の力が抜けていくのを感じる。ラテルに首筋を摑まれていたアプロが床にどさりと落ちた。

愛している、結婚してください、というような意味だろうが、いや、もっとなんという か重い言葉、百万回生まれ変わっても切れない契《ちぎ》りを結ぼうとかなんとか、そういう神がかり的な求愛、求婚表現なのだろう。

冗談だったと言えばよかったとラテルは後悔する。いまさら悔やむとは、なんて自分は情けない男だと自覚しつつ、これでもう楽しい人生とはおさらばかもしれないという嫌な予感が拭えない——たとえば、とラテルは思う、花嫁修業は百年ほど続いて、おれもサフランも老いたころにやっと結ばれて、その間ずっと貞操を守り続けないとシューフェンバルドゥに殺されるとか——わあ、そんなのいやだ、おれはいま、きみを抱きたいんだよ、どうしてそのように伝わらなかったんだ。

「夫って」とラテル。「恋人を通り越して、いきなり夫？　カマキリだと、食われたりする役割？」

「自業自得だもんね」とアプロが言った。「下手な勉学なんかするからだ。早いとこ昼飯に行ってればよかったんだよ、ラテル。色気を出すからこうなるんだ。人間の色気って食えないだろ？」

そうだよな、とラテルは思った。アプロの言うことを全面的にそのとおりだと納得できるのは、もしかしてこれが最初で最後かもしれない、とも。

ということは、この事態はやはりものすごく深刻なのだ、どうしよう？

〈仕事をすることです、ラテル〉とラジェンドラがラテルの動揺を察知して、的確な助言をする。〈いまはプライベートな話題で盛り上がっている場合ではないでしょう、メートフさんから依頼の内容を詳しく聞きましょう〉

「話は食堂で聞こうぜ」とアプロ。「無料《ただ》で人捜しはできないよ。なにを食べさせてもらえるのかな？　あんた自身？」

「依頼者を食べてはいけません、アプロ」とクルクスが慇懃な口調で、チーフ・バスターの気持ちを代弁した。「こんなことを大真面目に言わなくてはならないなんて、まったく、疲れる」

「おれは、食欲ない」とラテル。「食堂はいやだ」

「クルクス」とチーフ・バスター。「海賊課の作戦会議室が空いているだろう、ご案内しろ。ラテル、話の詳細はそこで聞くように。捜索計画の立案とその実行はおまえたちに任せる。動くときは逐次報告を入れること。以上だ」

「作戦会議室って」とアプロ。「あんなところ、食い物、ないじゃないか」

「クルクス、猫餌でもなんでもかまわん、なにかアプロに食わせてやれ」とチーフ・バスター。「おまえに任す。メートフさんに失礼のないように頼む」

「わかりました」

「作戦会議室に民間人を入れるのはまずいのでは」とラテルは意気消沈した声で言う。

「これ、プライベートな依頼なんでしょう」

するとチーフ・バスターが口を開く前に、サフラン・メートフが毅然とした態度で言った。

「これは、たんなるわたしの私的な依頼ではありません。わがフィラールの平安を脅かす問題でもあるのです」

「家出したメートフさんの双子の弟というのが」とチーフ・バスターが、さきほどの説明にはないことを言った。「邪教に入信している、または、いた、とのことだ」

「信教は個人の自由でしょう」

「匋冥教といいます」とサフラン。

「ヨウメイ教?」とラテル。

「海賊の神を信奉する教団だそうだ」とチーフ・バスターはラテルを見つめて、うなずいた。「そう、あの、匋冥だ。しかしあの海賊が自らそんな集団を組織するとは思えんから、おそらく匋冥自身は関係していないだろう。匋冥を救世主と崇める宗教団体に違いない」

「わが王家の守護神、シュラークに刃向かう邪教です」とサフランがラテルに言う。「わたしはシューフェンバルドゥの使い手として、弟を邪教から救い出すか、かなわなければ、この手で弟を討たねばならない」

「早く言ってほしかったな」とラテルは、打って変わった活力のある声で言う。「そういうことなら、おれが、やる。敵は海賊だ」

「ラテル」とアプロ。「こっちだ」

「なに、なにが、どこだ」

「こっち、おれを見ろ」

「なんで、なんだよ――」

アプロのグリーンの目とラテルの視線が合う、そのとたん、ラテルは硬直する。

ラテルの神経の情報伝達の流れの一部が、外部からの強制割り込みによって干渉される。

「こいつは――」とラテルは視線を外す。「精神凍結か。アプロ、おれで遊ぶのはやめろ」

ラテルの精神状態は、海賊退治をやる気満満状態で固定される。

「遊んでたのはおまえだろ」とアプロ。「仕事モードで固定してやったからありがたく思え」

「ラテル、大丈夫か」とチーフ・バスター。言葉とは裏腹に、ぜんぜん心配していない。

「気分はどうだ?」

「絶好調に決まってますよ、チーフ。任せてください。海賊なんか、匃冥を筆頭にみんなまとめてぶっ殺してきますから」

「ラテルさま──いえ、ラテル刑事」とサフランが心配顔で言った。「わが弟は、邪教に入信したようですが、海賊ではありません。捜し出していただくだけでいいのです。あとはわたくしがやります」

「匃冥教なんていうのは、隠れ蓑に決まっている。海賊組織だ。叩きつぶす。あなたも、その支援要請をしに、ここにきたんでしょう」

「ラテル、続きは作戦会議室でやってくれ」とチーフ・バスター。「アプロ、よくやった。クルクスに、なんでもねだっていいぞ。食えるものに限るが」

「じゃあ、高麗印の唐辛子チョコパイ、一年分」

「その得体の知れない食い物は、わたしが食べるわけではないからいいとして、なんだ、その一年分というのは」とチーフ・バスターが首を傾げる。「きょうの昼飯に一年分を食うというのか?　それならばだ、一年分ではなく、一日の昼飯分、だろう。意味がわからん」

「ボーナスのつもりなんですよ」とラテルが説明する。「ご褒美《ほうび》のつもりだ。おれの気分をやる気にさせたことへの」

「そういうことか」とバスター。「駄目。アプロ、昼飯の話だ。きょうの昼に食う分だけだ。一年分は駄目。ラテルの足首も駄目。依頼人はもちろん、駄目。わかったら、早く行け。わたしは忙しい。——クルクス」

「はい、チーフ。では、みなさん、こちらへ」

クルクスを先頭に、依頼人とラテルチームは作戦会議室に移動する。

4

どういうつもりだ、ジュビリー。おまえがおれを神に仕立て上げたのか。匋冥教とやらは、おまえが立ち上げたのか？

まさか。おれじゃない。いつのまにか勝手に立ち上がっていたんだよ。あんたの名を使っているからには、ただでやらせてはおけないからな、おれも調べてみたんだ。

しかし、あれは、本物だな。

なんだ、その、〈本物〉とは。

だから、信者の金や財産目当ての海賊宗教ではなさそうだ、ということだよ。

まともな宗教集団だというのか。

そういうことになるだろう。表には出ないアンダーグラウンド集団だが。あんたを神として祀《まつ》るのだから、反社会的組織だろうが、意外なことに海賊とはまったく縁がない集団だ。しかも思想的に反社会的な教義を持っているにしても、祈れば救われる、という点ではまともな宗教と変わるところはない。つまり、本物ってことになる。

本物だが反社会的な教義を信仰する集団とはなんだ。人殺しは正義だ、破壊こそ創造だ、みんなでやれば救われる、とでも？

さすが匋冥、ま、そんなところ。おれのものはおれのもの、おまえのものもおれのもの、文句を言うやつはぶっ殺せ、いざとなったら匋冥に祈れ、祈れば必ず救われる、という感じかな。暴力的な行為に出るとしても、それは自分を救済するための、一種の宗教的な行為、修行なんだ。

なんて幼稚な教団だ。そのどこが本物だよ、ジュビリー。救いの意味が違うだろうが。だれがそんなやつを助けるか。さっさとくたばればいいんだ。教祖はどこにいる。おれがこの手であの世に送ってやるから、つれてこい。

そうカッカすることはないだろう、匋冥。知らぬが仏だよ。知ったから頭にくるんであって、知らなければ世は事もなし、あんたの日常になんの変わりもない。

なにが、知らぬが仏だ、喧嘩を売っているのか、ジュビリー。慣用句の使い方が間違ってるぞ。だいたい、おれは、すでに知ってしまっているんだ。

それはそうだ、なるほど。太陽圏標準語は難しいな。

そういう問題じゃないだろう。で、ジュビリー、この実は摘んでもいいのか？

あ、駄目、それは貴腐状態ではない。いいかげんに覚えてくれよ、匋冥。

——ポワナの証言から、カーリー・ドゥルガー内でのポワナ・メートフは、ここが海賊船の中だというのがいまだに信じられない。こんなところにシュルの畑があるなんて。

漆黒の巨大な宇宙海賊船、カーリー・ドゥルガーのなかの農場で、ポワナは貴腐状態にあるシュルの実の選定を手伝わされている。指示をしているのは、匋冥の片腕の海賊、ランサス星系人のラック・ジュビリー。

シュルはランサス星系の植物で、葡萄にそっくりだ。シュルから白葡萄酒に似たシュル酒が造られるのも同じ。

シュルは葡萄のように房状に実を付けるのだが、貴腐の状態は、これも葡萄のそれと同様に、同じ房の実であってもそれぞれ違う。ぜんぜん変化のない普通の実もあれば、貴腐の実もある。いい状態の貴腐の実は干しぶどうのように縮んで黒くて小さい。房の中からちょうどいい状態のものを選定して一粒ずつ摘むのだ。ポワナには慣れた仕事だった、子どものころからやってきた作業だ。手を動かしながら、海賊たちの話に耳を傾けている。

「それはまだ駄目だ」と大男のジュビリーがきつい口調で言う。「匋冥、気を入れてやってくれ。教えてやったじゃないか」

「最高の出来の貴腐シュル酒など、ここで作らずともいくらでも手に入る。だいたいおれは、甘ったるい貴腐酒なんぞには興味ない。おれはなにをしているんだ、これが海賊のやることかと、ふと思ったんだ」

ポワナもそう思う、これが海賊のやることか？

「あんたが苛《いら》ついているから、気分転換に誘ったんだ。いやならやめろ。迷惑だ」

「わかった」

と匋冥は言って、無表情にホルスターから愛銃のフリーザーを抜く。

「おい、なにをする気だ」

「この畑をまるごとフリーザーで吹き飛ばす」

「やめろ」

「やめろといったのはおまえだぞ、ジュビリー」

悪かった、とジュビリーは言って、背中の籠を下ろし、休もうと言う。

「匋冥、あんたは畑仕事に向いていない。すぐに飽きて、滅茶苦茶にしようとする。まるで子どもだ。言っておくが、おれは子どもは嫌いではないが、ガキっぽいのは嫌いだからな」

「おれに遊び心がなければこのシュル畑はない。もともとここは艦載艦の第二格納庫だぞ」

　ここが格納庫だって、とポワナはあらためて見回す。全長三百メートル級の戦艦が入る大きさだ。噂に聞いていたカーリー・ドゥルガーは、なんてばかでかい海賊船なんだ、想像以上だ。この海賊船にはランサス・フィラールの最新鋭宇宙戦艦もまったく歯が立たないだろう。海賊船だって？　これが？　こいつは、宇宙最強の攻撃型宇宙空母じゃないか。畑付きの。

「おまえは、ただでこの畑を使う気か、ジュビリー。おれのガキっぽさを我慢するくらいの報酬は支払うべきだろう」

「時間がたてば最高のシュル酒ができる、それで地代を払う。まえからそう言っている」

「状況が変わったんだ。あのときのおれは退廃気分だったからな。おまえにつき合うのもいいかと思ったんだ」

「今季の、この収穫を終えるまで、つき合うのが大人の態度というものだ。ガキじゃあるまいし――」

「八つ当たりだというのか？」

「違うと言えるのか、匋冥」

「戦いに備えて心機一転し、ここもクリアにしたいだけだ。が、おまえの言うことも一理あると認めよう。――では、こうしようじゃないか」

　匋冥も籠を肩から外すと、それを天井に向けて放り上げながら、鋭く言った。

「カーリー、これを焼却処分、瞬時に」

空中の籠は匋冥が摘んだシュルの実ごと目もくらむ白光を発して消滅した。すさまじいパワーを身近に感じたポワナは腰を抜かしそうになった。ジュビリーも籠が消えてしまった宙をにらんでいる。

「あれは地主のおれの取り分だ」

平然と匋冥は言う。

「あとはおまえの好きにしていい。おれはもう今季はこの畑に手は出さない。来季もこの畑があるかどうかは、おれのそのときの気分次第だが、たぶん来季は、ない」

「わかったよ」

匋冥はシュル畑のなかにおかれている小さな木製のテーブルに行き、机上に用意された軽食を手に取って、ジュビリーを招き、差し出す。チーズを挟んだサンドウィッチ。

ジュビリーは匋冥からそれを受け取ってくわえ、手はテーブル上のシュル酒のボトルからグラスにそれを注ぐ。貴腐ではない、普通のシュル酒だ。そのグラスを片手に椅子に腰を下ろす。そこでジュビリーは、白い猫が、大事なシュルの一本の樹の幹で爪を研いでいるのを発見して、サンドウィッチをのどに詰まらす。

「ウグ、だめ、それで研ぐんじゃない、やめてくれ――」

「クラーラ」と匋冥は猫に言う。「そいつはジュビリーの生命《いのち》だ。みんな齧り倒していいぞ」

「匋冥、それはないだろう」

「クラーラはやらないさ」と匋冥。「なにせ、あれはおれの良心そのものだ。良心を猫にして取り出したおれ自身は、なんでもやれるわけだよ。——来い、クラーラ」

白い猫が来て、テーブルに飛び乗る。まだあるサンドウィッチの匂いを嗅いで、つまらなそうに顔を背けると、匋冥の肩に飛び乗った。

「いい子だ」

「あんたの趣味は、おれをいじめることだな。まあな、だから、おれはここに生きてこうしていられるわけだ」

匋冥は明るく笑って、ポワナを呼ぶ。

「ポワナ・メートフ、ひと休みしていいぞ。こっちに来い」

ポワナは、匋冥がテーブルの上のシュル酒ではないもう一本のボトルから青い液体をグラスに注ぐのを見つめている。いや、見ているのはそのブルーウィスキィではなく、海賊の肩に乗った白い猫だった。クラーラ。良心を猫にして取り出したもの——そう匋冥が先ほど言ったのを、ポワナは聞き逃さなかった。それをどう理解していいのか、戸惑い、それで目が離せない。

「どうした、ポワナ」とジュビリー。「匋冥はおまえを取って食ったりはしない。たぶんな」

「その猫は……本当にあなたの、良心だというんですか、匋冥さん」

ここに来る前、『わが主・匋冥』と呼びかけて匋冥に撃ち殺されそうになったポワナは、なぜそんな目に遭わなくてはならないのかもわからないまま、ジュビリーに助けられたのだった、本物の匋冥を勝手におまえの神にするな、と。それでポワナは匋冥に呼びかけるのは命懸けなのだと悟ったのだが、ならばなんと呼べばいいのか、頭を絞って考えたのが、匋冥さん、なのだった。まだ撃たれていないので、それでよさそうだ。

「だれに聞いた」と匋冥は微笑んだまま、問う。「それもジュビリーか？」

「噂です。匋冥教団内での。本当なんですね」

「生きているうちから伝説的存在だ、おれはな」と匋冥。「いまや、おれを神にしてしまうやつが現れた。内容はくだらなくても、噂というのは恐ろしい」

「では、事実ではないんですね？」とポワナ。「その猫、クラーラは、ほんとにあなたの良心を猫にして出したものなんですかってことを訊いてるんですが」

「おまえが噂で聞く海賊匋冥像は、まずそのほとんどがジュビリーがでっち上げた虚像だ」と匋冥は言った。「クラーラの件に関しては、おれは良心の欠片もない非情な海賊で、どんな極悪人であろうと人間ならばどこかに持っているはずの人情や善なる心がまったくないということを、ジュビリーがそう表現したんだ」

「いや、あんただよ」とジュビリーが打ち消す。「クラーラは自分の良心だ、とあんたが、最初に言ったんだ。おれはそれを聞いて、だれかに話した、それが噂になり、いまや伝説になったわけだよ。おれは意図的にあんたを伝説的な存在にでっち上げようとしたことはない。クラーラのことだって、もとはといえば、あんた自身が言ったことだ」

「そうだったかな」

「そうだよ」とジュビリー。「だから、おれは信じてるんだ、ポワナ・メートフよ、クラーラは匋冥の良心なんだ、と。本人がそう言っているんだから、間違いない」

「信じられません、ラックさん」

「ラックさん、はやめてくれ」

「では、母国の本名で。あなたは女王を護るシャドルーの長をしていた、シュフィールでしょう。その地位から海賊に転向したあなたは、わが故郷では有名です。裏切りシュフィールと呼ばれている」

「殺すぞ」

「じゃ、ジュビリー」

「生意気な」

「では、どう呼べばいいんですか」

「そうさな——そう、エルジェイと呼べ」

「エルジェイだって？」と匂冥。「なんだそれ」

「ラックのL、ジュビリーのJ、エルジェイ。いや、こういうガキには、ガキっぽい呼び方のほうがしっくりくると思って——おかしいか？」

「ぜんぜん似合わんが、好きにしろ。おれの名前じゃない、おまえのだ」と匂冥は冷たく言う。「で、ポワナ、おまえはエルジェイこと、母星では裏切りシュフィールであるところの、ラック・ジュビリーの言うことを、どう思う。納得したか」

「はい、しました」

「本当に？」と匂冥。「善悪を判断する人間の意識そのものを肉体から分離して猫にできるなんてことを、信じるのか？」

「いえ、そういうんじゃなくて、あなたが最初に言ったという『これは自分の良心だ』というのは、あなたのような海賊でも猫をかわいがることのできる心はある、という意味だったのだと思うんです、でもそれを、ジュビリー、もとい、エルジェイは、文字どおりに、『クラーラという猫は海賊匂冥の良心という実体そのものなのだ』と受け取ったんだろう、ということで、納得しました」

「なるほど。——だそうだ、ジュビリー。ポワナは頭の回転は悪くない。が、海賊には向いていないな。理屈では海賊は働けない。むしろ刑事がいい」

「理屈抜きで刑事やっているのもいるけどな」とジュビリー。「ラテルとか、アプロとか、ラジェンドラとか。あいつらは、理屈抜きの感情で、襲撃してくる。あんたとは対照的だ」

「あのトリオに関しては」と匈冥。「本能で動いている、と言うべきだろう」

クラーラが匈冥の肩から地面に降りて、シュルの木木のなかへ駆け込んでいった。ネズミを追うような素早さだったので、たぶんそうだろうとポワナは思った、うっかり顔をのぞかせたネズミがいたに違いない、と。

だが、ジュビリーは、「逃げていった」と言った。「クラーラはほんとにあの黒猫が嫌いなんだな、悪いことをした。アプロという名前を出しただけであれだ」

匈冥は無言。

黒猫？　アプロというのは黒猫なのか、とポワナは首を傾げる。海賊ではないポワナは、海賊課のそのトリオをまったく知らない。それを尋ねようとしたら、ジュビリーが手振りで籠の中を見せろ、という。厳しい態度だったので、無言で背中の籠を下ろし、それを差し出す。ジュビリーの検分が済むまでそのままの姿勢を保つ。どうやらアプロについて質問するのはまずいようだとポワナは匈冥やジュビリーの態度から悟って、この場では訊かないことにした。

「刑事より農民が向いている」とジュビリーは籠の中身を調べ終えて、言った。「ちゃんと的確に摘んでいる。——腰掛けていいぞ、ポワナ」

「おまえたちのやりたいようにやらせていると」と匋冥。「やがてカーリー・ドゥルガーは酒樽で一杯になりそうだな。酒でいっぱいの海賊船か。それも悪くないが、いまは、カーリー・ドゥルガーを酔いどれ海賊船にするわけにはいかん」

「神に酒はかかせない。怒りを鎮めるためにも必要だ。おれは飲みたい気分だよ、匋冥」

「もう飲んでるじゃないか」

「楽しい酒をやりたいってことだ。あんたも、この件を片づけるまでは楽しい酒は飲めないだろう。長くなるぞ、匋冥」

匋冥は無言でショットグラスのブルーウィスキィを一気に干した。そして、言う。

「匋冥教は、叩きつぶす」

「本気なんだな」

「もちろんだ」

「正面突破は長くかかるぞ、匋冥。海賊なら、これを利用するというものだろう。宗教というのは強力な統治機構だ。土地単位の政治経済圏に縛られることなく、あまねく支配の網を広げることが可能だ。これを横取りしない手はない。なにせ、匋冥教だぞ。乗っ取って、あんたはその神になればいい。生き神さまだな。で、教祖は、このポワナにする。完璧な計画だ」

「なにが完璧、だ。おまえが自慢できるのはほんとに体力だけだな。いいか、ジュビリー、おまえの頭でも宗教が強力な政治的な支配力を持つということがわかるのだから、この教団を支配している者にそれがわからないはずがない。しかも相手は、おれの名を騙る度胸もある。開祖が匋冥を名のっているから匋冥教なのかもしれないし、匋冥、すなわちおれを神として祀るのであったとしても、おれに断りなくやっていることにはかわりない。おれの名の下に信者を支配している、そいつは、いったい、だれだ」

「いや、それが……教祖も組織構造も、よくわからないんだ。自然発生的なものじゃないかと思う。開祖なんていう大仰《おおぎよう》な立場の者はいないかもしれない。教祖と呼ばれるような中心的人物は特定できていないんだ。いたとしても、おまえの名は使っていないさ。だから、匋冥教というのは、彼らが信じる神の名を冠したもので――」

「自然におれの名がついたというのか？　いいや、だれかがつけたはずだ。調べろ。おそらく、その者か、その者たち、の狙いは、生身のおれだ。おれの名が神になるなら、人間のこのおれは、偽物になる。つまり、この匋冥教の狙いは、おれの存在を本当に伝説にしてしまうことだ。リアルには存在しない、物語にしてしまうことだろう。それこそ、完璧な、現実のおれという存在の抹消法だろう。生身のおれを殺すことなく、それが可能な方法だ。そんなことをさせるか」

「それは匋冥、考えすぎだろう」とジュビリーは言ってから、考え直す。「いや……あんたに対しては、それは自意識過剰だろう、とは言えないな。海賊匋冥の名には、たしかにそれだけの威力が実際にある。あんた自身をも抹殺しかねないほどの、伝説的な力だ。しかしいずれにせよ相手はアングラの新興宗教集団だ。一惑星連合を相手に単独で戦争ができる戦力を持つあんたの敵じゃない」

「調べろ。そして教団枢機部の実体を暴露しろ。相手が敵か味方か、強大か弱小か、など関係ない。おれが、気に入らない。だからつぶす。それだけだ。おまえの考えなどどうでもいい。これはおれの問題だ。おまえがやりたくなければそれでいい。知らぬが仏でいてやろう、おまえに対してはな。意味はわかるな？」

「わかるさ、だからこうして生きていられるんだ。あんたに殺されずに、さ」

「強要も命令もしていない」

「調べてみる」とジュビリー。「あんたの問題はおれの問題になって跳ね返ってくるんだからな、もう。いつだって、そうだ。あんたの怒りに触れるのはごめんんだ。やるよ」

「おれは怒ってなんかいない」

「それも、承知だ。匋冥、あんたはまったく冷静だ。だからこそ、怖い。感情抜きで、ちっぽけな新興宗教団体を叩きつぶす気だ。全力で、だ。場合によっては教祖や教団枢機部だけでなく、信者も一人残らず、皆殺しだろう。怒りなら、それを鎮めることで殺戮も止まる。だが、匋冥、あんたはもとより醒めている。対象を殲滅するまで、あんたの殺戮行為は止まらないだろう。それは疲れを知らずに自動的に遂行され、なにがあっても止まることはない。それが、神ならぬリアルな海賊、匈冥の怖さだ」

ジュビリーは言葉を切り、シュル酒で口を湿してから、続けた。

「匈冥神を殺すには、信者を皆殺しにしても足りないだろうが、始めなくては終わらない。まずは、ポワナからやるか」

「やめてください」とポワナは飛び上がる。「ぼくはもう匈冥神は信じてませんから」

「そうか？」とジュビリー。「ほんとに？　そんなに薄い信心だったのか」

「いまは、本物の、この匈冥さんを信じてます」

「ポワナで遊ぶのはよせ」と匈冥。「おまえの言葉を信じてサベイジまで行ったんだ。ヒッチハイクに密航に野宿、バイトでおいつかず手っ取り早く置き引きにひったくりで資金を稼ぎ、事故死も餓死もせず、捕まらず殺されず、よくぞサベイジにたどり着いたものだ。恐ろしく運がいい。おまえの言葉を信じたからだろう。無事にサベイジに着いたら海賊にしてやる、匈冥神の加護があればできるはずだ、と言ったそうだな」

「あれは、匈冥、おれがポワナに言ったのは、匈冥神なんてのは嘘っぱちだとわからせるためだったわけで――」

「おまえは冗談半分だったろうが、おれは本気だ。ポワナを見てその気になった。おれを神にする者がいるなら、受けて立ってやろうじゃないかと。そこで信じられている匈冥とは、おれじゃない。おれを騙る偽の神、似非《えせ》神だ。信者の前におれが出ていけば、そいつらは、おれを指して、おれのほうこそ偽物だ、おれが匋冥であるはずがない、と言うだろう。ポワナはまさにそう言ったよ」

「それが気に入らない、というわけだな」

「少し違う。面白くないのは確かだが、言うなれば、放置しておくのは怖い、という感覚だ。ポワナがおれに向かって、匋冥は神だ、このおれが神であるはずがないと、そう言ったときのその態度、信心と言うべきか、それが実に奇妙でおかしく感じられたんだ。自分が自分でなくなったような……いいや、そうじゃない、このおれを虚構にしようとしているやつらがいる、放っておくのは危ない、という感覚だ。おれの偽物である似非神は殺すべきだ。わかるか？」

「それには、あんたがその神になるのが手っ取り早い、そうは思わないのか？　おれは、そういう計画を立てたんだがな。さっきも言ったように、ポワナを教祖にすればいい。匋冥、あんたを守護神とする信教集団というのは、おそらくは、表には出てこなくとも、いくつもあるに違いないんだ。あんたは若くしてすでに伝説的な海賊だったんだから、この匋冥教のような信仰・信教集団は昔からあったろうし、いまも複数あるはずだ」

「だから、なんだ？　たまたま知ることになった匋冥教など放っておけ、それでなんの問題もないと言うのか」

「やりだせばきりがないってことだ。それに、匋冥という名の似非神なんてのは教祖らのでっち上げにすぎなくて、実在しないわけだろう。もとより神など、ヒトが創った虚構なわけだし」

「だが信者たちはその存在を信じている。信じられればこその信者なわけだからな。本物の宗教というのはそういうものだ。おまえは、言ったじゃないか、匋冥教は、本物だ、と。ならば教祖が死んでも殺されても、いったんそのようにして生じた神そのものは消えない。となると、そういう本来実在しない、どこにもいない虚構の神、似非神を殺すには、信者らを皆殺しにするしかない。おまえが言ったとおりだ」

「いや、それは、あんたのやり方であって、そんな面倒なことをしなくても、信者たちには悟られずに、そのモデルとなったあんたがそれと入れ替わればいい。虚構を消すには本物で上書きすればいいってことだよ。すなわち、あんたが本物の神になればいい。そうすれば、匋冥神は、似非神から、真の神になる。まことの虚構の神、というのもおかしな言い方だが、あんたがそうなれば、本当の匋冥神の神話が創成されるだろう。これこそ、本物だ。違うか？」

「おれを殺す気か、ジュビリー」

「いや、そういう意味じゃない。わからないかな」

「わからないのは、おまえのほうだ」

「なるほど、わかります」とポワナは偉そうにうなずいて、生意気なと言われジュビリーに頭をこづかれたが、挫けずに、続けた。「匋冥さんは、逆説的に言うなら、自分は人間だということを証明するために、似非神は殺さなくてはならないと言うわけですね。エルジェイは、そういう匋冥さんに対して、海賊匋冥はもはや人間を超越してもいいだろう、匋冥さんにはそうしてもいい資格と実力があると言っているわけですよ」

「おまえ自身は」と匋冥はポワナに訊く。「どう思う。おれと、ジュビリーの、どちらの考えに共感するのか、どちらのやり方がいいと思うか、言ってみろ」

「ぼくは、神が人であるわけがないと思っていたけど、人が神を殺すのはありかな、と匋冥さんと会って思ったんです、これも逆説ではあるんですが、わかります？　どちらのやり方にも共感している立場だと思いますが」

「おまえは匋冥が言ったように海賊には向いていない」とジュビリーは冷たく言う。「だが、匋冥の弟子にはいいかもしれない」

「ということは、匋冥さんは、海賊には向いていない、海賊ではない、ということになるのでは？　いいんですか、そんなこと言って」

「おまえは匋冥のどこを、なにを、畏《おそ》れればいいのかが、わかっていない」とジュビリーはポワナを見つめて言った。「一般的な海賊は匋冥のような意識で海賊稼業はやっていない。匋冥はいわゆる海賊ではない。海賊は自称であって、実は海賊神だ。おれはそう言っている。そうだ、ポワナ、おまえが指摘したとおりだ。匋冥は人ではない。少なくともおれたちとは違う。おれたちには絶対に理解や共感ができない部分を持っている。匃冥の匃冥たる力はそこから出ていて、そこにこの海賊の真の恐ろしさがあるんだ」

「海賊船あっての海賊だ」と匃冥は神妙な顔で言う。「カーリー・ドゥルガーあってこその、おれだよ」

「ポワナよ、騙されてはならん」とジュビリーは言った。「カーリー・ドゥルガーの圧倒的な戦力は、匃冥の恐ろしさの結果であって、原因ではない。おまえも生きていれば、生きていられればだ、そのうちにわかる。しかし、わかっていない、いまのほうが幸せだろう。いまならまだ間に合う。戻るならいまのうちだ。いまならまだ元の世界に帰れる」

「匃冥さんの弟子にいい、向いている、と言ったのはあなただ、ジュ——いや、エルジェイ。そもそも匃冥という海賊神を信じてサベイジに来るなら海賊にしてやると言ったじゃないですか。それなのにここまできて、帰れ、はない」

「ジュビリーに会う前から匃冥神とか匃冥教の存在を知っていたのか？」

「もちろんです」とポワナは匃冥に答える。「家の者には絶対内緒ですが、入信してました。集会の現場で、ジュビリーさんに声をかけられたんです」

「フィラールでの海賊勢力を拡大すべく、アングラ組織を内偵していたんだ。おれの手下として使えそうな下部組織を見つけようと思ってな。で、匃冥、あんたの名がついた教団の噂を知り、調べてみたら実在していた、というわけだ」

「匋冥教は地下組織とか秘密結社とかというものではないんです。信者たちは秘密を強要されたりはしていない。だから最近は、教団の存在は公《おおやけ》にも知られるようになってきていました。フィラールでは邪教だけど」

「当然、邪教だろう」と匋冥。「海賊が信仰する新興宗教なんだから」

「いや、だから」とジュビリー。「海賊が信仰するのではなく、海賊を、信仰する団体なんだって。存在するかどうかもわからない枢機部はどうか知らないが、少なくとも信者の中には、海賊は、たぶん、いないよ」

「匋冥教は、おれを神にするだけでは飽きたらず」と匋冥。「海賊という存在そのものを信仰する、というわけだ」

「その力を、ということです」とポワナ。「その代表格として、匋冥さん、あなたの存在が参照される、ということだと思います。言ってみれば、あこがれの対象なんですよ。現実の海賊をよく知っている者よりは、それとは縁のない人間のほうがそうした志向は強いと思います」

「ポワナの言うとおりだ」とジュビリーはもう、ポワナに出しゃばるな、とは言わない。「フィラールでも太陽圏でも、匋冥という伝説の海賊を神として祀り、信仰している連中のほとんどは、一般的な人間、いわゆる善良な市民というやつだ。海賊連中は、力を持った海賊ほど匋冥を話題にするのはタブーだと知っているから、あんたの名を使う信教集団を作ろうなどとは、まず思いつきもしないだろう。そういう意味では、言ったろう、あんたはすでに、海賊の中では神的な立場にあるんだ。触れれば祟《たた》られる存在だと知られている。だから、伝説の匂冥を守護神にするような者は、本当の海賊を知らないのだ、と言っていい。現政治体制やら世相に不満を持っている一般市民に違いない。ポワナが言うとおりだと、おれも、思う。現体制への不満の受け口として存在している団体がほとんどだろう。このポワナが入信している匂冥教も、たぶんそうだ」

「入信していた、です」

匂冥は黙ってブルーウィスキィを注ぎ足し、グラスを一気にあおり、タンと音を立ててテーブルに置くと、最後通牒だという口調で言った。

「すべて、消す」

すべてとは、信者に限らず関係する者すべて、だろう、それを皆殺しにするということだと、ポワナにはわかった。文字どおり、一人残らずだ。匂冥と出会ってからの短い時間でも、この海賊の考え方や実力というものが十分に察せられた。

なにも、言えない。静寂がおりる。

「で、その蟻に復讐はできたのか？」

座の緊張した沈黙は、ジュビリーの努力したことがわかる明るい声により、唐突に破られた。ポワナはほっとする。

まるで話の流れとは関係のない問いかけだったが、ポワナには、サベイジのチェンラのあの店で匂冥と出会うことになった、そのきっかけである、あの蟻のことだと、わかる。ホテルに出た蟻のことは話したが、そのあとどうしたかはジュビリーには言ってなかった。

すかさず、ポワナは答える。

「ぼくにはいい方法を思いつけなくて、結局プロに頼りました。ホットキーという——」

「そいつは面白い」とジュビリーは屈託なく笑う。「復讐相談屋だろう。サベイジにはおかしな商売で稼いでいるやつがたくさんいるものだ。で、納得のいくアイデアは買えたのか」

「いまから考えると」とポワナは、テーブルの上の軽食に目をやり、空腹を自覚する。

「あれは、押し売りですよ」

「気に入らなければ買わなければいいんだ」と匂冥はサンドウィッチを入れた蔓《つる》編みのバスケットをポワナの前に置き、言う。「おまえは買ったろう」

「どういう方法だ」とジュビリー。「おまえを咬んだ蟻をどうやって見つけるというんだ？」

「蟻は行列を作って室内に入り込んでいるので、それをたどれば、巣はわかります」

ポワナは、鉄仮面に金属甲冑を着込んだホットキーの相談員の言った案を思い出しつつ、説明する。

「でも、どの蟻がそれなのかを見つけるのは無理だ。そこでぼくは、その蟻の群に向かって、こう宣言する。『ぼくを咬んだやつは出てこい。咬んだやつでなくても、ぼくの復讐対象の身代わりになって復讐を受ける、という者でもいい。とにかく、出てくるなら、そいつを殺し、それで復讐の完成とする』と。でも、蟻にぼくの言葉が通じるとは思えない、そう言いました」

「通じるとは思えないのなら」とジュビリー。「復讐などやめておけ。おれなら、そう言う」

「そうですね」とポワナはうなずく。「まったくそのとおりのことを言われました。で、料金を請求された」

「おまえはそれを払ったのだから、納得したわけだ」と匋冥。

「したというより、させられたんです」ポワナは目の前のサンドウィッチを取って、匋冥を見て、訊く。「蟻に対して大真面目に復讐宣言をするなんて、そもそもまともじゃない。訊くんじゃなかった、という気持ちになったから。あなただったら、どうしますか。この案を買いますか、匋冥さん」

「復讐宣言が通じるかどうかは、実行してみなくてはわからないだろう」と匋冥は答えた。「問題は、通じるかどうかわからない、という点ではなく、もしこの宣言を蟻たちから拒否されたときはどうするのか、という、そこにある。おまえは、それに気がつかなかったんだ。おまえが買ったそれは、おまえのレベルに合った案というものだ。おれなら、むろん、そんな提案は買わない。ホットキーにしたって、まさかおまえがこれで引っ込むとは思わなかったことだろう。普通の客なら、相談員を殴っているところだ」

「そうか、だから鉄仮面かぶってるのか」と、ポワナ。手にしたサンドウィッチを食べる間がなかなか得られない。「ぼくは早まったってことなんですね。またぼくは、余計なことを言ったんだな。余計なことというか、もうちょっと考えてみればよかったんだ。ホットキーは、どう言ったでしょうか、宣言が受け入れられないとぼくが判断できたときは、ではぼくは、どうすればいいと？　どういう復讐法がある、と？」

「宣言を拒否されたということがわかるのは、蟻の群からだれも、おまえの復讐対象だと名のりを上げる蟻が出てこないときだろう。自分の頭を使え、ポワナ」

「それは――そうですね、たしかに、そうです」

ポワナは考えながら、ようやく、サンドウィッチを口にする。

「だが、そういう事態は、まず、ない」と匋冥。「それらしき一匹は必ず見つかるものだ。群から離れておまえの方に向かってくる蟻を、時間さえかければ必ず見つけることができる。そいつを叩いて、終わりだ。もし、それをおまえが見つけられないのなら、つまり、本当に拒否された、蟻たちから無視されたとおまえが判断するならば、手段は二つだ」

「二つって」

「復讐など諦めるか、でなければ一方的な全面戦争を仕掛けるか、だ。ようするに、咬まれたことなど忘れるか、それができないのなら巣穴ごとその問題の蟻の群をすべて駆除してしまうこと、だ。しかし、この二つの手段というのは、ホットキーが考える仕事ではない、つまり復讐相談なんて最初からする必要がない手段ということになる」

「でも、その二つの手段を選ぶことになる事態はまずないってわけですよね？」

「そうだ。ホットキーはプロだから、客に、相談する必要はなかったなどと感じさせるアイデアを売ることはしない」

「どういうことですか」

「おまえが復讐に失敗することは、おまえにその意思があるかぎり、絶対にない。どの蟻でもいい、一匹を殺せばいいんだからな。それが、ホットキーのアイデアだよ」

「それって、あんまりです、ぼくが適当な一匹を選んで、それを血祭りに上げて、復讐の完了、ということじゃないですか」

「見事な案じゃないか」とジュビリーが言った。「さすが金を取るだけある。ホットキーは、そうしろ、とおまえに提案したんだ。しようとした、というのが正確だろうな。おまえはそのまえに、中途半端な案で納得してしまったんだから。おまえの解釈力が足りなかったってことだ。ようするに、おまえは馬鹿だってことさ」

「そんな。納得できないな。釈然としません。だって、それでは復讐宣言の意味がないじゃないですか。蟻とのコミュニケーションがとれていないんだから。返事が確認できなかったので勝手にやらせてもらうってことでしょう」

「おまえを咬んだ蟻も、そう主張するかもしれない」と匋冥が静かに言う。「おまえになにか提案していたのに、おまえがそれを無視したので咬んだのかもしれないだろう。コミュニケーションというのは、そういうものだ。正しく発信者の意図どおりに伝わるということ自体が希《まれ》なのであって、重要なのは、働きかけること、だ。この件では、おまえが復讐を宣言すること、そこが要《かなめ》だ。ホットキーは、そう言っているんだ、ポワナ。自分の働きかけが通じるとは思えないのなら、コミュニケーションをとろうなどと考えるな、復讐などやめておけ。それもホットキーの提案で、おまえはその案を、買ったのだ」

ポワナは、反論できない。サンドウィッチを無言で食べ始める。しょっぱい味がした。

ホットキーという復讐相談所はこの海賊の公認だとかいう話だったが、とポワナは思う、もしかしてあの甲冑の相談員はロボットで、実はこの匋冥がそのロボットを介して相談にのっていたのではないかしらん。復讐相談の相手をするのがこの海賊の、趣味とか。

「ま、ひとつ利口になったろう」とジュビリー。「普通なら、おまえのような馬鹿に、だれも解説などしない。馬鹿なやつだと陰で笑っているだけだ。ありがたく思え。匋冥から懇切丁寧に解説してもらえるなんて、おまえは幸せ者だ」

「おれは、ポワナのその幸運をかったんだ」と匋冥。「ジュビリーの無責任な言葉にもかかわらず、無事にサベイジに着き、おれにも会えた。たんに教団つぶしの役に立つと思っただけではない、その運のよさに興味があったので、カーリー・ドゥルガーに乗せた」

「ポワナがまだ生きていられるのはあんたのおかげじゃないか」とジュビリー。「運を与えているのはあんただろう、匋冥。ほんとうはこの小僧のどこが気に入ったんだ？　こいつの素性はおれもよく知らないんだが――」

そこに、緊迫したカーリー・ドゥルガーの声が割り込む。女声。

〈匋冥、よろしいですか？〉

「なんだ」と匋冥。

〈航行注意報です。大出力のエネルギービームが本艦近傍を通過するのを捉えました。本艦には直接的な危険はないものと判断しましたが、正体が不明です〉

匋冥とジュビリー二人の海賊は同時にカーリー・ドゥルガーに問いかけている。

「どこからだ」と匋冥。「発信源を突き止めろ」

「ビームの行き先は」とジュビリー。「なにが狙われた」

匋冥とジュビリーの問いの内容を聞いたポワナは、その二人の性格や興味の違いといったものに気づく。

匋冥の第一の興味は、だれがやっているのか、であって、なにが狙われているのか、ではない。訊くまでもなく自分が狙われていると感じたのだろう。わが身を護るのは自分の身体と知恵しかないという海賊の、だれにも頼らない生き方ならではの態度から出た問いに違いない。

　それに対してジュビリーの問いかけは、客観的な事実全体に関心があることを示している。とりあえずわが身には危険はないと判断したのだ。

〈発信源は不明、深宇宙方面からです。このビームは攻撃波とは限りませんが、延長線上には火星があります〉

「通信波かもしれないな」とジュビリー。

「こんな効率の悪い手段で、通信だ？　いいや、違う」と匋冥。「敵対行為である可能性が高い。臨戦態勢だ、カーリー、第二波に備えろ。主機関フルパワー、戦闘機動用意」

〈戦闘機動用意〉とカーリー・ドゥルガー。〈メインパワージェネレータ、全開。アーマメントシステムゲート、オープン。主砲スタンバイ、第一撃発砲は出力三六パーセントで即時可能です。副砲スタンバイ、フルパワーでの無限速射が即時可能です。Ωドライバ起動中。Ωドライブ可能まで五〇秒弱です〉

「火星はどうなった」とジュビリー。「ふっとばされているんじゃなかろうな」

〈火星近傍を精密探査していますが――〉と言いかけて、カーリー・ドゥルガーは緊迫した早口で告げる。〈警告。リフレクション、きます〉

「リフレクションだ？」とジュビリー。「どういう現象だ――」

「ビームの反射波に決まっている」と匌冥。「回避だ、カーリー」

〈通常加速では間に合いません、Ωドライブ可能まであと二四秒、回避はできません。リフレクション到達まで、一五秒、脅威の度合いは不明、一三、一二――〉

「すべてのアーマメントパワーをシールドに回せ。全バリア手段をとれ。ビームとリフレクションの様相を視覚化、ポワナたちにも見せてやれ」

〈実行します〉

ポワナの視野にカーリー・ドゥルガーからの情報が出た。奇妙な、初めて体験するイメージ映像だった。脳内に直接映像が入力されている感覚だったが、おそらくそうではなく、とポワナは見当をつける、これは網膜表面に直接描かれた映像だろう、眼球内部の網膜を狙って直接映像を放つデバイスがどこかにあるに違いない。

木製テーブルの上の空中に、太陽系の模式図が描かれていて、その斜め上、カーリー・ドゥルガーが言うところの深宇宙方面からだろう、一筋のビームラインがまっすぐに延びて一点に向かう。その部位が拡大、火星の衛星ダイモスに命中、ダイモス全体がビームによって振動しているかのようにぶれる様相を見せた。その直後、ダイモスを中心に透明な球体が膨れあがる。ガラス玉を吹いているかのようだ。透明なのにそれが見えているのはこのカーリーの艦載艦格納庫だという畑の景色が映り込んでいるからだ、とポワナは気づく。その映り込みの度合いはすぐに低下、ビームの反射波というそのエネルギーはすぐに減衰したというのがそれでわかるが、広がる球面波そのものは火星から光速で一分弱離れたところに位置していたカーリー・ドゥルガーにまで形を崩さずに達し、さらに広がる様子を見せつつ、薄れていき、やがて消える。

「カーリー」と匋冥。「被害は」

〈なにも感じません。本艦の対抗手段、バリアとの干渉もありませんでした。被害はないものと思われます。Ωドライブ可能まで一〇秒を切りました。どうしますか?〉

「このリフレクションを浴びた影響を詳細に調べろ。その結果を出すまでは、大出力機関の使用は禁ずる」

〈はい、匋冥。調査を開始します〉

なにも感じない、とカーリー・ドゥルガーは言った。が、ポワナは、感じていた。

この自分を捜しているという感じを強く受けた。姉だろう、巫女の、シューフェラン。姉はシューフェンバルドゥを使ったのだろう。これは、聖なる力だ、そうに違いない。姉の聖名シューフェラン、聖なる剣を使いこなす力を生まれながらに持つ女、を意味する。この球面波、リフレクションというのは、この自分をサーチするためのものに違いない、姉は聖なる力でもって、この自分を成敗する気で追ってきたのだろう。

見つかった、とポワナは覚悟する。

「逃げましょう」とポワナは言う。「追っ手が、来ます」

「なんだ？」とジュビリー。「だれが来るというんだ」

「姉です」とポワナ。「ぼくの姉は王家に仕える巫女で、シューフェンバルドゥの使い手です」

「シューフェランだと？」とジュビリーは一瞬息を呑んで、言った。「シューフェラン・サフランがおまえの姉だというのか。嘘だろう、現シューフェランに、生きた弟がいるなんてことは——」

「双子です。姉は生まれるまえからシューフェランとして見出されていて、双子の男子であるぼくは生きて生まれることはない、つまり殺されていなくてはならなかったのですが——」

「カーリー・ドゥルガー」と匋冥。「Ωドライバをフル作動、攪乱《かくらん》手段を取って緊急退避だ、ただちに」

〈EL5退避手段を実行します、衝撃に注意してください、行きます〉

視界が一瞬暗く、そして赤くなった。そのとたん、ポワナは突き飛ばされる力を感じたが、身構えるまもなく、サンドウィッチを持ったまま、気絶した。

5

メーデー、メーデー、こちら貨客船デムントローズ号の自動救難システムです、エンジンが突然爆発して航行制御不能。姿勢制御も不能、船体に亀裂、気密保持不能状態にあり、乗客船員とも、生死確認ができません。救難要請。至急救助願います。

こちら火星コーストガード救難局、自動対応システムです。貴船の救助要請を確認しました。現在、貴船周辺で同様の船体損傷被害が多数発生、救難要請が殺到しています。わがコーストガードの全ての艦が救難に向かっているところです。貴船の救難順位を決定したいので、貴船には至急、乗員の生死確認を行って報告願います。総員は何名ですか。救難艇等への避難は確認できていますか。

乗客五十四名、船員二十三名、救難艇への避難は全員ができていません。船体が激しく回転していますが、船体スタビライザシステムが損傷したため姿勢制御不能、回転を止めることができず、生存していたとしても身動きがとれないものと思われます。

気密漏れを食い止めることを試みてください。

不能です。あと三分で船内の空気は緊急避難室の五箇所のものを除いて、すべて漏出するものと予想されます。船内気圧はすでに生存に適さないまでに低下しています。緊急避難室が使用されている形跡はありません。生存者はいまだ確認できません。

わかりました。貴船の救難順位は現在、最下位です。三分以内に救難艦を貴船に横付けすることは、できません。幸運を祈ります。

了解しました。こちら貨客船デムントローズ号の自動救難システムです。緊急通信用エネルギーが急激に低下しています。代替手段はありません。おそらくこれが最後の連絡となります。さようなら。

——火星コーストガード救難局の受付記録より

火星近傍宙域における歴史的な船舶大遭難事件の一つが、これだ。近年まれにみる被害が出たこの遭難事件のわれわれラテルチームへの第一報は、チーフ・バスターからもたらされた。サフラン・メートフの話を聴くべく、ラテルとアプロが作戦会議室のテーブルに着いた、まさにそのとき、クルクスが部屋を出た直後だ。作戦会議室の壁の大モニタがいきなり明るくなって、チーフの顔が大写しになり、ラテルは「わっ」と声を上げた。「チーフ、びっくりした。食べられるかと思った」

ネコに食べられるネズミの図をラテルは連想したのだ。アプロはといえば、食いでのある顔だな、と思っている表情（いや、表情いかんによらず、アプロはいつも食べることしか頭にないような気がする、ラジェンドラ註）でモニタを見上げている。

『火星ラカート宇宙港への連絡航路ラズベリー線で、入港待ちの複数の船舶がほぼ同時に遭難する大きな事故が起きた。連鎖事故のようだが詳細は不明だ。火星コーストガードから、わが海賊課に火星宙域警備支援の要請がきた。あちらは救難活動に手が一杯だそうだ。ラジェンドラで不審船に備える。ラテル、アプロをつれて、ラジェンドラで即時出動しろ。この事故騒ぎに乗じて海賊が動くかもしれん』

「わかりました。どうせ二時間後には定時パトロールなんだし。昼飯の時間も取り上げられたなんていう愚痴は、もちろん言いません。では、メートフさんは待っていてください。ゆっくりお昼でもどうぞ。出前も頼めますので」

『メートフさん、当基地には休憩施設もあります。ラテルのいうように、しばし休まれてはいかがでしょう、クルクスに案内させます』

するとサフラン・メートフは、ラジェンドラに乗せてくれ、と言った。

「わたしも行きます。わたしも現場に連れて行ってください」

「現場って、この事故の、ですか」とラテル。

「そうです」とサフランはうなずく。「この事故は、おそらく、さきほどわたしがシューフェンバルドゥを抜いたせいです」

「まさか。なんで、そうなるんですか。そんなことが——ということは、つまり、あなたがこの船舶事故を引き起こしたと、認めるんですか？」

「もとはといえば」とアプロ。「ラテル、おまえが色気づいたことを言ったからだ」

「おれのせいだというのか。おれのメートフさんへのあの言葉が、この大事故を引き起こしたって？」

「そうともさ。原因はラテルだ。ラテルが悪い。みんなラテルのせい」

「ここぞとばかりにおれの名を連呼するな。なんてことを言うんだ、アプロ、馬鹿も休み休み言え」

「馬鹿を言ったのはラテルじゃないか。自覚しろって」

「うそだ、いやだ、おれは馬鹿は言ってない。いや、そうじゃなくて、この事故と馬鹿は、ぜんぜん関係ないだろうが」

「ラテルさま、さすがシューフェンバルドゥがわが夫と認めただけのことはあります。あなたはポワナの居場所をあぶり出してくださいました。おかげで、ポワナを感じました。弟は、この事故の中心にいます。いいえ、いました。もういない。消えてしまった。追ってください。わたしと一緒に」

「なにを言っているんですか、メートフさん——」

〈ラテル〉と、わたし、ラジェンドラが告げる。〈この遭難事件の原因は、おそらく、Ωバーストです。遭難現場宙域からはかなり離れていますが、火星コーストガードに集まった事故情報の分析を実行した結果、その発生位置を割り出すことができました。大出力のΩドライバによる、緊急避難的な跳躍手段です。通常のΩドライブではありません。正常時空に損傷を与える危険を省みず、跳躍航跡を破壊してしまうΩバースト手段を、何者かが実行したに違いありません。火星からわずか二千万キロほどの宙域での、このような危険なΩドライブは禁じられていますが、そもそも、こんなことができる艦船は、この世には存在しません。公式には、ですが〉

ラジェンドラには可能だが、その性能は公開されていない。そして、もう一艦、その能力を持っている船が存在することを、海賊課は確認済みだ。

「……カーリー・ドゥルガー、か」

〈まず、間違いないでしょう〉

「非公式の、船、ですか？」とサフラン。

「海賊船だ」ラテル。「匋冥の、船。これ以上の非公式船はない」

「ポワナは」とサフランは言った。「その海賊船内に拉致されたのでしょう」

「それは違うだろう」

匋冥の影がちらつくと、がぜん口調が変わるラテルだ。

「弟さんは匐冥教の信者というんだから、自分の意志で乗り込んだに違いない」

『メートフさん』とチーフ・バスター。『ラジェンドラへの乗艦を許可します。ラテル、メートフさんを同行して、Ωバースト発生現場の調査だ。こいつは海賊事件かもしれん。火星コーストガードにはわたしから連絡しておく。われわれ海賊課は、この事故は海賊関与の疑いありとして対処する。以上だ』

「了解。——行きましょう」

壁のモニタが暗くなる。

作戦会議室を出ようとする一行に、〈メートフさん〉とラジェンドラが室内スピーカーを介して呼びかける。〈乗艦するに際して、ひとつ、約束してください〉

「なんだよ、ラジェンドラ」とラテル。「もったいぶって」

「乗艦料を取るってことだろ」とアプロ。

〈違います。保安上のお願いです〉

「なんでしょうか」とサフラン・メートフ。

〈わたしの艦内では、絶対にシューフェンバルドゥを抜かないでください。その力を呼び寄せないこと。もしあなたが、この約束はできないというのであれば、あなたの乗艦は拒否します〉

「わかりました」とサフランはうなずく。「約束します」

「あの青い氷のような剣は、ラジェンドラ」とラテルが訊く。「幻覚じゃないんだな」

〈剣に見えるというのは、幻覚かもしれません。わたしの視覚では剣というよりも、透明に揺らぐ、バーナから噴き出す炎のように見えました。リアルに実在する力です。わたしには制御できない可能性のある未知の力ですから、わたしの艦防衛システムが艦内にその存在を感知した場合、反射的に対抗措置をとることが予想されます。それは、サフラン・メートフさんだけでなく、わたし自身にとっても致命的なものになるかもしれません。結果は、予想できません。非常に危険です。わたしの感覚では、あれは、獰猛な野生動物のように感じられました。むろん動物ではなく、生物でもなさそうですが、意思を持った生命体のように感じられました〉

「シューフェンバルドゥをそのように喩えた人間はいませんが」とサフランが言う。「たしかに、あの剣は野生の猛獣に通じるところがあるかもしれません」

「いつもは、どこに、持っているんです？」とラテル。「さきほどはいきなり出現したように見えましたが。常時携帯しているんですよね？」

「わたしが呼び、向こうがそれに応える気があれば、わたしの手の内に出現します」

「便利だな、それ」とアプロ。「重いのを持って歩かなくていいんだからさ」

「そうですね」とサフランは笑顔を見せる。「そんなことも、いままで考えたこともありませんでしたが、たしかに、そう」

「なにか、高度な技術で作られた近代兵器のようだな」とラテル。

「あの剣は、わが女王を護るためにシュラークから授けられた、王家に代代伝わる聖なる剣です。邪心を抱いている者が持てばそれに突かれて死ぬと言われている聖剣で、使い手を選びます。わたしは、シューフェランです。あの聖剣を使いこなせる巫女に与えられる名です。自分の立場を猛獣使いになぞらえるなんて、思ってもみませんでしたが、言われてみれば、そうですね、シューフェンバルドゥは野生動物のような存在だというのは、わたしの感覚をうまく言い当てていると思います。わたしも決してやすやすとあの聖剣を使いこなしているわけではありません。いつも緊張を伴います。よくおわかりですね、ラジェンドラさま、あなたは本当に船なのですか？」

「さまって、ラジェンドラが、さまって言われたのを初めて聞いた」とラテル。

ラジェンドラはラテルの言葉は無視。

〈はい、メートフさん。わたしはフリゲート艦であり、身体も知性も人間を遥かに越えた存在です。乗艦を歓迎します。どうぞ、第三ポートへ。ラテルに案内させます〉

「させますって、ラジェンドラ、いつからそんなに偉くなったんだよ」

「いつものことじゃないか」とアプロ。

「そうか、そうだな」とラテルは納得。

〈外野ノイズキャンセラ、作動します〉

『おまえたち、早くしろ』と壁の大モニタにまたチーフ・バスターの顔が大写しに。『メートフさんをラジェンドラに乗せて、現場に急行だ。なにかを摑むまで帰ってこなくていい。ラテル、アプロを忘れるな。食堂に向かったぞ』

「え？　あ、いつのまに、アプロ――」

ラテルは廊下へ飛び出していく。サフランが慌てて追おうとするのをラジェンドラが止める。

〈メートフさん、わたしが案内します。廊下に出て、わたしの声のする方に向かってください〉

結局、ラジェンドラの戦闘艦橋に着いたのはサフランのほうがさきだった。ラテルは一分遅れで、首筋を摑んで連れてきたアプロを床に放り出す。チョコバーをくわえ、両腕にしっかりと、赤い大きな球形爆弾のようなゴーダチーズを抱えている黒猫型異星人を。サフランが、興味深そうな表情で見つめている。

〈メートフさん、アプロは海賊課一級刑事です。ラテルの同僚であって、コンパニオンアニマルではありません、念のため。あなたにはだれもアプロを紹介せず、自己紹介もしなかったので、アプロはラテルのペットかなにかだとあなたは思っているに違いないと推測しましたが、いかがですか？〉

「はい、ラジェンドラさま、そのとおりです――ごめんなさい、アプロさま。刑事さんなんですね。ネコに化けてるとは、すごいですね、海賊課って」

「おれは化けてるわけじゃない」とアプロ。「ネコでもないもんね」

「そうなんですか、アプロさま」サフランは笑顔で言う。「重ね重ねの失礼、お許しを」

「うん」とアプロ。「許す」

「ありがとうございます。みなさまの心遣いに感謝します。少し緊張がほぐれました」

「アプロが、さま、と言われたのも初めて聞いたな」とラテル。「これでひととおり、おれたちチームは、初体験を共有したわけだ。メートフさん、以後、さま抜きで頼みます。調子が狂っていけない。せめて、さん、にしてください」

「わかりました。では、そのようにします、ラテル」

「いい感じ。ではラジェンドラ、出動だ。出港しろ」

〈すでに出ていますよ。現着まで二時間半を予定〉

「それじゃあ、着いたらおやつの時間じゃないか」とアプロ。「仕事する時間ないぜ」

「もう食べてるだろ」とラテル。「ラジェンドラ、アプロは仕事をしたくてたまらないそうだ。海賊課緊急航法宣言を出して、Ωドライブ。チーフからも、急行しろと言われている。匋冥などすでに影も形もないだろうが、急いだほうがいい」

〈了解です。ショートΩドライブを実行します。Ωドライバはいつでも起動可能です。全員着座してください〉

　こういうとき真っ先に用意ができているのはアプロだ。今回はとくに、ラテルはサフランが席に着くのをサポートしていたから、アプロに後《おく》れをとるのも仕方がない。

「早く行こうぜ」とアプロ。

〈ラジャー。Ωドライバ起動〉

「まて、なにかシートにある、腰に当たってる、なんだこれ――」

　ラテルがその正体に気づいたのは、Ωアウトしてからだ。

「――いってえ、ラジェンドラ、ひどいじゃないか、おれが着座する前に飛ぶなんて――アプロ、おまえのゴーダチーズだ、なんでおれのシートにあるんだよ。だいたい、なぜチーズなんだ。チーズといえばネズミだろ」

「食料庫に落ちてた。ネズミの餌食になるところを、おれが助けてやったのさ」

　サフランの顔にはもう笑みはない。

〈メートフさん〉とラジェンドラが訊く。〈なにか感じますか？　ここが、Ωバーストがあったとみられる爆心宙域です。ごらんのようにアイサイトでは背景の星以外になにもありませんが、ここです〉

　戦闘艦橋の室内全体に外部映像を投影すると、乗員にはいきなり壁が透明になって外に放り出されたように感じられる。サフランが、はっと息を呑んでシートの肘掛けを摑む手に力を込めた。

「すごいですね」とサフラン。「宇宙に吸い込まれそうです、こんな光景は初めて見ました」

「スーパーサーチだ、ラジェンドラ」とラテル。「おまえの全能力で環境探査」

〈探査深度最大にてスーパーサーチを実行中です。リアルタイム探査では現在なにも発見できていません。データ解析すれば、Ωバーストの痕跡を見つけることができるかもしれません。Ωバーストとなれば、その原因は人工的なものであり、カーリー・ドゥルガーである確率が高くなる〉

「なにもないのに」とアプロ。「どうしてここが、そこだって、わかるんだよ」

〈遭難した十七隻の艦艇の損傷具合や、その航行針路が干渉された状況などから、総合的に割り出しました。膨大な計算を実行した結果です。検算してみますか、アプロ？〉

「いやだ。腹が減ることはしないもんね。でも、そんな計算をすること自体が間違ってたら、無駄な仕事をしただけってことになる。検算にどんな意味があるんだよ」

「いや、これはようするに」とラテルが言う。「ラジェンドラの勘だよ、アプロ。第六感で感じ取ったんだ」

「どういうことですか」と訊いたのは、アプロならぬサフランだった。「勘なら外れることもあるわけですが、ラジェンドラさん？」

〈ラテルの説明は、めずらしく、同意できるものです。アプロの指摘も、ものすごくめずらしいことに、的を射たものです。つまり、わたしは計算結果そのものについては確信を持って、正しいと主張できるのですが、ここがΩバーストの爆心宙域であることや、そもそも船舶の遭難原因がΩバーストのせいだということを弾き出したわたしの艦内情報処理システムの計算内容を、ラジェンドラであるわたしが人間にわかる言葉で説明するのは、不可能ではありませんが、いろいろな面で困難なのです。これは、あなたがた人間における第六感に喩えられるでしょう。無意識野での情報処理でなされる意思決定、すなわち勘を働かせる、という行為です。わたしの勘は、わたしとほぼ同じアーキテクチャを持つ海賊船の中枢情報制御体の意思動向に対してとくに強く働くので、敵がカーリー・ドゥルガーならばここでΩバーストを発生させたに違いないことを感じ取れるのだ、と言っていいでしょう。同じことは、人間のあなたにも言えると思います、メートフさん。あなたには、あなたとほぼ同じアーキテクチャを持つ人間のことが感じ取れる、はずです〉

「勘で、ということですか」

〈そうです。あなたの、勘で〉

「そんなことを言われたのは初めてです」とサフランは困惑した表情を浮かべて言った。

「シュラークのお告げを、われらが聖剣、シューフェンバルドゥを介して読み取る、それが巫女であるわたし、シューフェランの役割であり、生まれながらに持っているわたしの能力なのです。それが、ラジェンドラさん、あなたの言う、わたしの勘の正体です。わたしの意思ではない。わたしの勘じゃない」

〈あなたの勘を使ってください、サフラン・メートフ〉とラジェンドラがあらたまった口調で言う。〈艦内でシューフェンバルドゥを抜いてはいけません。出動前に説明したように、その剣の力とわたしの艦防衛システムが干渉しあった場合、なにが起きるかわからない。ここでは、あなたはシューフェランではなく、一人のサフランというヒトとして、あなたが捜している弟、ポワナを感じ取らなくてはいけません〉

「たしかに、そのほうが当たりそうだ、剣占いよりも」とラテル。「おれも、そう思う。メートフさん、あなたがたは双子なんでしょう。弟さんの行動というか、行動の予想は、神さまのお告げよりも、双子のあなたの勘による予想のほうが、ずっと当たりそうな気がする」

「気がする?」

「気を悪くされたらすみません、謝ります。神さまを怒らせそうなら、お祓《はら》いしてください、お願いします。おれは、占いよりも自分の勘のほうを信じてる」

サフランはもう反論せず、座席から立ち上がって、宇宙の大海原が広がっている周囲を見渡す。一歩前に出て、右のつま先ですっと立つと、くるりと身体を回して一回転。左右に伸ばした両腕はその間に下から上に。肩からさらに上へ。と、そこで回転する動きごと腕を上げるのもやめて姿勢を固定、前方を注視する。

これはおそらく巫女の舞いだとラテルには見当がつく。その動きを途中で強制的に止めたのだと。そのまま続ければ、シューフェンバルドゥを呼び出せるのだろう。あるいは、それを介して神と繋がることができる、そうした神前舞踊に違いない。流れるような一連の動作を意識して止めるというのはかなり緊張を強いられることに違いなく、普段とは異なる集中力を必要とするだろう。ラテルは感心し、自らも緊張して、サフランを見守った(ラテルの脳内をこのとき精査していれば、サフランの脳内運動野と同じ神経系が興奮しているのがわかったことだろう、ヒトの共感能力は、思考よりも身体的なもののほうが強く働く)。アプロのほうは言うまでもなく緊張感はなく(アプロは非人類ゆえ、ラテルのような共感能力はサフランに対しては働かない)、チョコバーの残りを齧りながら、それでもサフランの舞いを観ていたが、唐突にそれが止まると、齧るのもやめる。

「もう、おしまい?」とアプロが声をかける。

「黙ってろって」とラテル。

サフランは数秒のあいだ静止を保っていたが、ふっと息をついて、片足でのつま先立ちをやめる。両手を組んで頭上に上げ、うんと伸びをした。その姿勢のまま、ここです、と言った。

「ポワナは、この近くにたしかにいた。弟は、わたしが抜いた聖剣を感じ取った、そんな気がします。なんというか、匂いのような、残り香のような、そんな感じで、わかります」

「ラジェンドラもサフランも」とアプロ。「そんな気がする、だもんなあ。食えないよ、そんなの。だいたい、サフランは、ここに来る前に、ポワナとかいう弟がこの遭難事故の中心にいたって、自信たっぷりに言ってたのに、ここに来たら、そんな気がするだけって、とってもいい加減だよな」

「聖なる剣を使うことを封じられた、わたしのほんとうの力というのは、この程度ということです、アプロさま」

サフランは両腕を下ろし、アプロに向き直って、そう言う。

「さま、はいらないって」とラテル。「メートフさん、おれたちは、ポワナは海賊に拉致されたのではなく、海賊の一味なのだと考えて行動しようと思います。ポワナは海賊課に捕まるのを恐れて、逃げ出したんだ」

「それも勘でしょう、ラテルさん」

「これは個人のじゃなく、刑事の勘というやつ」

「やる気満満だな」とアプロ。

〈アプロが精神凍結したせいじゃないですか〉とラジェンドラ。〈ラテル、早まってはいけません。ポワナ・メートフは匋冥教の信者だそうですから、海賊匋冥となんらかの繫がりがあったとしても不思議ではありませんが、だからといってポワナが海賊であるとは限りません。サフランの言うように、匋冥が拉致した可能性もあります。しかし、どれも推測にすぎません。アプロが指摘するとおり、そんな気がするだけ、ですので〉

「環境探査の結果はどうだ」

〈収集データ分析を実行中です。Ωバーストである確率が高いという、有意な結果が出ています。そうなると、Ωバーストを引き起こした主体がどこへ向かったのかということは、収集データからは絶対に摑めない、ということになります。Ωバーストとは、まさしく追跡をかわすために講じられる手段なのですから。その主体は、カーリー・ドゥルガー以外には考えられませんが、しかし、そうではない場合も想定しておかなくてはなりません。すなわち、これはΩバーストによく似ている別の現象で、われわれはいま未知の脅威にさらされているのだ、という可能性はゼロではありません〉

「既知のカーリー・ドゥルガーのほうがまし、ということか」とラテル。

〈そのとおりです。未知の現象であることに備えて、ここは、時間をかけて対応戦略を練る必要があります〉

「たしかに」とアプロ。「チョコはよく練ったほうがうまい」

「そうなのか。いや、違うだろう。いやいや、チョコじゃなくて」とラテル。「ここは、ポワナが乗船しているかもしれないカーリー・ドゥルガー探索計画を立てるというものだろう。海賊探索計画を練ろう」

〈アプロ、ラテルの精神凍結、少し効きすぎです〉

「このくらいがちょうどいいんだ」とアプロ。「色ボケに戻ったら使い物にならないよ」

〈なるほど、そうですね〉

「おまえたち、おれを馬鹿にするときは共同戦線を張るんだな」

「気のせいだ」

〈そのとおり〉

「ほら、そうじゃないか。ま、いいさ、いまはそれどころじゃない」

〈メートフさん〉とラジェンドラはあらたまった口調で訊く。〈わたしたちラテルチームがあなたに訊きたい要点は、二つです。一つは、ポワナ・メートフはなぜ家出をしたのか。それから、匋冥教についての情報です〉

「匋冥教というのは」とラテルが言う。「だれが主宰しているのか。チーフが言っていたように、匋冥自身ではないだろう。その名をつけて平気でいられる者のはず、つまり匋冥の側近だ（ラテルはフィラール人のラック・ジュビリーを想定している）。あなたの弟のポワナは、その教団の重鎮というのか、重要なポストにいるのではないかな。ポワナは火星に、匋冥教布教の拠点作りにでも来たのだが、なにかトラブって、その窮地を救うためカーリー・ドゥルガーが火星にやってきて、ポワナを収容して去った、こういう筋書きだろう」

〈と、単純なラテルは思っているわけですが、いかがですか、メートフさん〉

「単純なって」とラテルは不満げだ。「単純なのはおれの頭ではなく、おれが想定した事件概要のほうだ。単純な想定のほうが話の取っかかりとしてはいい。それは違うって言えるんだからさ（そこまで考えてのこととはラジェンドラには思えないが、ここはサフランの話を引き出すのが先決なので、反論はしない）」

〈ということでメートフさんには、ラテルの発言を参考に、自由に話していただければと思います〉

「はい」とサフランはうなずく。「そうですね……ポワナは、わたしが聖剣を抜いたのを、感じたかもしれません。それでわたしが近くにいるのを知り、わたしに助けを求めたのかもしれない。ポワナは海賊ではありません、それは確かです。邪教に入信していたとしても、そこの重鎮だなんて、考えられない。弟は、優柔不断なところがあるので、利用されることはあっても、自ら海賊船に乗り込むような悪人ではない」

ラジェンドラは外部環境映像の室内投影をオフ、前面の情報スクリーンに切り替える。サフランは足下に目を落とし、床を確認してから、足を踏み出す。シートには着かず、スクリーンの前を左右に行ったり来たりしながら、説明を始める。どうやら込み入った事情があるようだ。

「匋冥教については、よくわかりません」とサフラン。「その団体の実体については王室情報部が調べているでしょう。情報部の宗教課は、王家の守護神シュラークと対立しそうな邪教組織の動向を常時監視しているので、匋冥教についても見逃すはずがない……でも、ポワナがその宗教団体に出入りしているようだ、というのは、女王付首席女官から、それが事実かどうか確認するようにと命じられるまで、わたし自身はまったく知りませんでした。実家に問い合わせたら、弟は最近家出したということでした。原因については、わたしにはわかりません。そう報告すると、草の根を分けても捜し出し、そして、ポワナに聖剣の裁きを受けさせるようにと、その首席女官から直接命じられました。女王付首席女官というのは女王の補佐役であり、女王につぐ、権威ある地位です。その命令は、勅命にほとんど等しい。わたしは匋冥教というのがそれほどまでに特殊な、王家にとってとくに危険な集団だとは思ってもみなかったので、驚きました……」

サフラン・メートフが持っている情報はあまり多くない、ということがわかる。ラテルチームはしばし無言。各自、質問事項を考える。

「匋冥という海賊を知ってますか」とラテル。「匋冥教以前に、匋冥という名だけでも？」

〈もう一度シューフェンバルドゥを使えば〉とラジェンドラ。〈ポワナ・メートフの動きや位置を、感知、発見できると思いますか？〉

「ポワナ・メートフを発見したら」とアプロ。「酒池肉林のご褒美くれる？」

サフラン・メートフもしばし沈黙。どれから答えようか、迷ったのだろう。

「この件は」とサフランは言葉を選びながら慎重に言う。「対外的な問題にしたくないという事情があって、わたしが私的な立場で、単独で捜索をしているのです」

〈あなた以外に、たとえば王室情報部の秘密捜査員が、あなたとは異なる立場でポワナ・メートフを捜している、ということもあり得るわけですか？〉

「はい。詳しいことはコメントできませんが」

現王権は、王家親族や政権内部の政争、派閥争い、権力闘争といった問題を抱えているということを、サフラン・メートフはあっけらかんと打ち明けたことになる。自らの地位や立場を護るといったことには不慣れなのか、あるいは、こうした態度の裏になにか企みを抱いているのか、どちらかだろう。サフランの弟の捜索を命じたという首席女官は、対外的にはノーコメントで通せとサフランに命じたはずだ。それも、いまの答で、だれにだってわかる。ラテルにも。

「あなたは無垢で純粋で美しい」とラテルは言った。「部外に知られてはまずい秘密を心に隠し持っているのなら、あらゆる秘密情報を強制的に公開してはばからない、そういう能力と実権を持っているわれわれ、海賊課には、近づいてはいけないです。われわれのそうした力を利用しようと企んでのことなら、いまからでも遅くはないので、そのへんの事情に関しても話してください。いずれ知れることとなので」

「企みなど、なにも」とサフランはラテルを見つめて、きっぱりと言う。「聖剣にかけて、邪心は抱いてはおりません」

〈シューフェンバルドゥをポワナ・メートフ探索のために、あなたが意図的に使うということが、もしできるのだとしたら、海賊課に頼る必要はなかった、と思われます。あなたは、シューフェンバルドゥという聖剣の実効力だけでなく、その能力範囲や限界についてもわれわれラテルチームに暴露していることになりますが、それは、あなたがわれわれを信頼してのことであると解釈してよろしいでしょうか？〉

「もちろん、信頼しています。でも、聖剣の限界の暴露とか、どういうことでしょう、意味がよくわからないのですが」

「兵器の性能、とくにその弱点は、だれにも知られたくないのが普通だけど、あなたはそうしたことに無頓着に見える、それはどうしてなのだろうと、複雑怪奇で回りくどい考え方をするラジェンドラは、言っているわけです」

「われらが聖剣は兵器だと言うのですか。聖なる剣を、兵器だと？」

〈ラテルのその喩えは、宗教的側面を考慮しないかぎりにおいて、的確だとわたしも思います。あの聖剣は攻撃的な機能と目標のサーチ機能を有している。それをわれわれは体験的に確認しています。王家を護る剣というのですから、王家が所有する最終兵器に違いないでしょう。あなたはその使い手、エースドライバーというわけです、サフラン・メート

フ〉

「そんなことは……」

とサフランは言いかけて、絶句。座席に腰を落とした。

「ラテルとラジェンドラがいじめた」アプロ。「おれのご褒美もきっとお流れだ」

「酒池肉林か。どこでそんな言葉を覚えたんだ、アプロ。意味、わかってるのか？」

「話をすり替えていじめ問題の責任回避をしようとしているぞ、ラテル」

「おれは、おまえから執拗にいじめられている気がする」

〈食べることしか考えていないだけです〉とラジェンドラ。

「王家としては公式な御礼はできないと思います」とサフランはうなだれていた顔を上げて、言った。「わたしから、できるかぎりの酒宴のおもてなしをさせていただきます」

「アプロの言うことは無視してください。本気にしないように。ぼくは、あなたの力になりたいと思ってます、メートフさん」

「サフランと呼んでください……わたしは、まったく未熟者です。思い知らされました。海賊課に頼ることの危険性といったものにまったく気がつかなかったのですから。みなさんが、こんなにも霊性とは無縁のリアリストだとは。ですが、結果的には最善策だったと思いますし、わたしには思ってもみなかった、新しいものの見方を教えていただけて、世界が広がった気がします。わたしは、この件があるまで、匋冥という海賊のことは知りませんでした。匈冥教の名称が、海賊の名であることも。でも、わたしにポワナの捜索と聖剣による裁きを命じた首席女官は、知っていました。王室情報部だけでなく、おそらく、どの機関の情報部、たとえば宗教警察の調査部などよりも、ずっと詳しく。それによれば、匈冥という海賊は非常に危険な存在で、かつて王家に災厄をもたらしたこともあるとのことです」

〈その首席女官はだれですか。もしかして、以前王女付の女官だったのでは？〉

「そのとおりです。シャルファフィアスです。ご存じなんですか」

「……わたしは、シャルを、愛しています、か」

「なんですって？」

「いや、おれじゃなくて、海賊の話」

〈われわれが摑んでいる情報では、海賊匈冥が本気で愛した、おそらくはただ一人の女性、とされています。シャルファフィン・シャルファフィア。絶対敬称名、シャルファフィアス〉

「なんてこと」

「これは一大スキャンダルだな。あなたの弟の件など、ほんのおまけだ。シャルはあなたの力を使って、このスキャンダル、正確には、スキャンダルになりそうな芽を、摘もうとしているんだろう。教団を信者ごと消す気なのかもしれないな。シューフェンバルドゥが使えるなら、あなたは無敵だ。匐冥も倒せるかもしれない」

〈可能性はあります〉とラジェンドラ。〈われわれ海賊課のためにそれをふるっていただきたいくらいです。うまく使えば、海賊を根こそぎ退治できるでしょう〉

「聖剣はそのように使うものではありません」

〈正確には、そのようには使えない、でしょうか〉

「ノーコメント、です」

「海賊退治ごときには使いたくない、でしょう」

「はい。あ、いいえ。ノーコメントです」

ラテルは笑顔を見せる。つられてサフランも笑った。

「聖剣は、みなさんが喩えてくれたとおり、獰猛な野生動物のような存在です。それで、おわかりいただけるでしょう。ポワナの居所を聖剣で調べることは、できるといえばできますし、できないといえばできません」

〈了解しました、メートフさん。いずれにせよ、聖剣と、あなたの勘の告げるところによれば、この宙域にポワナがいた、ということですね。生身では生きていられないので、船に乗っていたはずです。カーリー・ドゥルガーで間違いないでしょう。あなたがラテルに向けて聖剣を抜いたとき、わたしにはそのパワーが感じられたので、カーリー・ドゥルガーも察知した可能性があります。聖剣がポワナ・メートフの存在をサーチしたとすれば、ポワナを乗船させていたあの海賊船は、索敵対象は自分であると判断し、未知の脅威から逃れるため、Ωバーストという破壊的な手段で退避し、様子を見ようとしたのだと推測できます。あるいは、シューフェンバルドゥのほうで匐冥とカーリー・ドゥルガーを脅威と捉え、攻撃したのかもしれません。その場合、当然ながら匐冥は反撃を考えているでしょう〉

「匐冥対聖剣、ということか」と、ラテル。笑みは消える。「シューフェンバルドゥというのは、ようするにシュラークという神の化身だろう。大物の海賊と本物の神との闘争ということになる。マジかよ」

「シャルファフィンのところに行って」とアプロ。「酒池肉林の前払いをしてもらおうぜ」

「おまえな――」

〈いい考えかと思います、ラテル。宴会は別にして、ですが〉

「――そうか。シャルから話を訊くというのは、捜査手順としては正しいな」

「それは困ります」

「大丈夫、あなたの立場をなくすようなやり方はしません。われわれにとってこれは、もはや海賊事件だ。フィラールの内政事情とは関係ない」

〈現場でスーパーサーチを実行したところ、十七隻の船舶を遭難させた原因は、海賊船カーリー・ドゥルガーによるΩバーストであると確信する、よってこれより対海賊捜査行動を開始する——そのようにチーフ・バスターには報告します。ラテル、いいですか？〉

「オーケーだ」

〈送信終了〉

「じゃあ、ラジェンドラ」とアプロ。「目的地は酒池肉林だ、行こうぜ」

〈了解〉とラジェンドラ。〈針路をランサス・フィラールに。Ωドライバ、セット完了。Ωドライブ、スタンバイ。全員の着座を確認しました、行きます〉

「待て」とラテル。「心の準備がまだ——」

ラジェンドラはΩドライバを起動、火星宙域における自己存在確率を消す。

6

なにが海賊だ、おまえらは山賊だろう。根城はどこだ。

特定の教会はない、どこでもわれらの生き方は実現できるんだからな。

教会だ、教えだ、生き方だ、なんだかんだと、さきほどからなにを言っているんだ。自分たちは犯罪者ではないと言い訳をする新型の犯罪組織にしても、結局のところ犯罪集団に違いないだろう。やってることは犯罪なんだからな。しかも凶悪だ。サグラフィス藩主の館に押し入り、使用人を含めて総計三十三名を惨殺して金品を強奪したのはおまえたちだ。それは認めるんだな。

殺人も強奪も、犯罪ではない、神への供物だ。そのおこぼれをわれらはもらって生きる。

確信犯というわけだ。それも政治的なものではなく、宗教犯ということになる。認めるのか。

認める。そのとおりだ。

いまこの場で撤回したほうがいい。通常裁判で裁かれるほうが痛い目にあわなくてすむ。普通警察であるわれわれは、犯罪を憎むだけで、人そのものを憎むことはない。ま、建て前だが。しかし宗教警察は違う。優しくないぞ。本気で、そちら送りにしてくれというのか？

そうだ。

なにが狙いだ。おまえたちの真の目的はなんだ。王家の転覆か。

政治とは関係ないと何度も言っているが、結果としてはそうなるだろう。われらの願いは、神の降臨だ。匈冥神。いずれ王家は滅亡する。

わかった。宗教警察に行って、ゆっくりと時間をかけて、なぶり殺しにされるがいい。いや、そこで殺されることはないな。なんども蘇生させられて、宗教裁判になる。ほんとうの苦痛はそれからだ。

楽しみにしているさ。

その余裕はなんなんだ？

われらの神は、かならずわれらを救いたもう。かならず、だ。匈冥神は、決してわれらを見捨てない。

死ぬまで言ってろ。

——サグラフィス地方警察・凶悪犯罪課の取り調べ記録より

　匐冥の海賊船、カーリー・ドゥルガーの戦闘情報司令室から見る大宇宙は、明るく、白い。星星が黒点となって散っている。これはディスプレイの異常なのか、それともこのような表示法なのか、はたまたこれは宇宙を映し出したものではなくて、ただの室内照明なのか、ポワナにはわからなかった。わからないまま、なにも考えず、感じたままを口に出している。

「このディスプレイ装置、壊れてませんか?」

　そう口走ってから、また不注意だったと気づいて、この船の主の機嫌を損ねてしまっただろうかとその顔をうかがったが、海賊は腕を組んだまま、黙って白い情報ディスプレイを見ている。エルジェイのほうも同じく、ディスプレイを見上げているだけで、ポワナの声が聞こえていないかのようだ。

　ポワナは急に不安になる。無視されるくらいなら、自分のうかつな発言に対して叱責という応答があるほうがましだと思う。

　ポワナのこの不安感は、二人の海賊の緊張をその表情などから無意識のうちに感じ取ったためで、ヒトに備わった感覚共感能力によるものだ。カーリー・ドゥルガーの対人知性体にはそれがわかる。そして、このポワナの不安を放置しておくのはポワナ自身のみならず、この場の人間関係の安定、ひいては艦内の平和にとってよくないと判断し、ポワナの疑問を受け止めて、説明する。

〈壊れているわけではありません。現在当艦はΩドライブの最中です。艦の外部には、時間も空間も存在しません。視覚も無効になるのですが、ヒト対応の視覚センサではこのように感知されているという、その状況が、メインの視覚情報スクリーンに現れている状態なのです。実際には外部にはなにもないので、この映像自体には、意味はありません。視覚センサが誤作動している状態に極めて近いのですが、センサの働きとしては正常で、誤作動ではありません。通常時空の残像が見えているのだと考えてもかまいません〉

「ここは、どこなんだ?」

〈位置情報としては、どこでもあり得る、としか答えられません。ここは、言語表現によれば『通常時空の解体と再構築が行われる場』で、Ω空間と言われるところですが、Ω場《ば》という表現のほうが適切かと思われます。この場は、われわれが通常生きている時空を成立させている条件よりも普遍性を持っている要素から成り立っているとされています。つまり、通常時空のほうが特殊な状態で、われわれの存在形式も特殊なのだ、という考え方です。それをこのΩ場にて、より普遍的な存在形式に変換し、それをまた通常時空のものに再変換する、というのがΩドライブというものだと言われています。われわれは『確率としてのみ存在している』存在である、というのが、普遍的な形式による表現であり、

その確率の一部、時空条件に関するものを操作する技術が確立されたことで、Ωドライブが実用化されたのです〉

「よくわからない。だいたい、なにをどう質問していいのかが、わからない。こういうのを、なにがなんだかわからない、と言うんだろうな」

〈正直な感覚かと思います。たとえば、いま、こうしているわたしたちの存在は、ある種の幻想、通常時空の残像に等しいのです。このディスプレイに映し出されている外部視覚映像のように、です。にもかかわらず、こうした話をしたり、思考できたりするのはなぜなのか、これを理解するのは容易ではないと思われます。言葉で喩えるのは簡単ですが。たとえば、通常時空から飛び込んだときの勢いで、慣性の法則のように通常の自分が保存されているためだ、とかです。でも、幻想です。より正しくは、こんなふうにあなた自身の存在も透明になっているはずです、自分の身体を見てみてください〉

ポワナは腕を上げて、息を呑む。自分の腕がない。手も見えない。

〈これはわたしの、あなたに対する視覚操作による、擬似的なものにすぎませんが、本来、この場では、こうであるはず、ということです〉

自分の腕や手のあるところに、それらに隠れて見えない背後の室内の光景を上書きしてしまうという処理を行った映像を、網膜を狙って直接送り込むなどの方法により実現しているのだろうと、ポワナには、いまの説明は理解できる。しかし、自分が本来存在しないというか、透明である、というのは、依然として理解不可能だった。自分が透明なら、説明をしているカーリー・ドゥルガーもそうであるはずで、思考することも、その考えを自分がこうして受け取って疑問に思うことも、できるはずがないのではなかろうか。

〈この場では、あなたとわたしの区別はないのです。それは特殊な、通常時空という場でしか通用しないものなのですから。しかし、あなたもわたしも存在しない、ということではありません。あなたはわたしであり、わたしはあなたでもある、という、そういう場にいまいるのです。ですが、『いま』『いる』という概念も特殊な世界でしか通用しないものであって、ここではそうした概念でもって考えることは意味を持ちません。『ここでは』という、まさにその点に関しても、Ω場ではすでに特殊な言い方になってしまうので、このような言い方はできない、すなわち、そのように言えないというのは、そのように考えることすらできない、ということになります〉

「それは、おかしい。いま、言っているわけじゃないですか。いま、考えているから、考えることができているから、言葉になっているわけでしょう」

〈そのとおりです〉

「矛盾だ」

〈すでに、いま、ここは、Ω場ではないから、言ったり考えたりすることができるのだ、ということで、矛盾は解消されます。わかりますか、ポワナ〉

「ぜんぜん」

〈わたしたちは『いま』、いわゆる『Ω空間』から抜け出してはいないのですが、この場での体験は、わたしたちの通常時空からすれば、幻想なのです。でもこうして会話も思考もできているというのは、いつかそれが実現する、あるいは、Ω空間に入る前にしていたことなのだ、と考えればいいのです。いつか、どこかで、と特定できるというのは、非常に特殊な状況であって、わたしたちが生きている時空というのが、まさにそういう場なのですが、いまこうして話している体験は、いつ、どこでのことなのかを特定できるようなものではありません。となれば、この体験は、通常のわれわれの感覚においては、幻想であるとしか言いようがない、ということになります〉

「ますます、なにがなんだかわからない」

〈その気持ちはわたしにもわかります。対人感覚機能と対人共感能力が与えられていますので。それらの対人機能に頼らない、本来のわたしの感覚としては、Ω空間の世界の出来事のほうが正常に捉えることができる、言い方を変えれば、計算をするのにらくである、ということが言えます。あなたを始めとするヒトの感覚世界、通常空間での体験というものは、本来のわたしからすると、とても限られた条件下にある特殊なものとして感じられます。わたしはヒトよりも、より普遍的な世界を認識し、その場における条件を操作できる能力があるのですが、それは当然で、なぜならわたしは、まさしくそのためにヒトに創られた存在だからです。このようなわたしの能力によって、Ωドライブが可能（ラジェンドラ註、カーリー・ドゥルガーがポワナにしたΩドライブに関する説明は、ポワナ自身にはほとんど理解できず、したがって覚えていなかったので、ここに記載されている内容は、わたし、ラジェンドラによるものである。なお、カーリー・ドゥルガーの対人知性体はラジェンドラに搭載されたものとは異なり、ヒト＝カーリーと、人工知性体＝ドゥルガーとのハイブリッドであるという情報を対海賊課は得ているが、真偽のほどは不明）なのです〉

「これから、どこへ行くんです」

〈特定の目的地は定まっていません。いまは緊急跳躍効果の収束をはかっているところです。収束しないと、目的地を決定することができない状態なのです。Ωドライブを実行するための駆動装置、Ωドライバが制御不能に陥った状態に極めて近い状況ですが、目的地の算定ができないことを除けば、すべて正常に機能しているので、心配ありません〉

「でも、どこへ行くかは、決めているわけでしょう」

〈決めることができない状態なのです。緊急跳躍効果が収束しないと、わたしたちの意思も動かない。言い換えれば、わたしたちの意思というのは、Ω空間での出来事を追認するという形でしか働かない、ということになります〉

「だめだ、わからない」

「おれは、おまえがわからない」

そう言ったのは、海賊匋冥だった。腕組みを解いてポワナに顔を向ける。

「海賊のどこがいいんだ？　匋冥教にはまったのは、海賊に魅力を感じたからだろう。好き勝手にやりたいことをやって生きているのが海賊だ、とでも思ったか」

「いえ、それは……」

「現シューフェランであるサフラン・メートフに」とジュビリーも口を開く。「殺されずに育っていた弟、片割れがいたなんてことは、おれは知らなかった。おまえ、メートフを名のっているが、ほんとうなのか？　匋冥に会うために、おれを利用したのではないのか。おまえ、何者だ？」

「いまさら、それはないでしょう。ぼくはエルジェイからサベイジにたどりつけば望みを叶えてやると言われ、匋冥さんが来いというからカーリー・ドゥルガーに乗っただけだというのに」

ということで、ポワナは身の上話をするはめになる。

ポワナの生まれたメートフ家は、王家直轄農地を支配する豪農だ。王家との関係は昔から緊密だった。惑星フィラールは、母系社会だ。フィラール王家が全土を支配しているが、諸国の藩主家や有力家は、王家の母方の血をどこかにもっている。メートフ家もそうだった。

「ようするに、女が強いんです」とポワナは説明した。「男の子は労働力としては重宝されるけど、大事にはされない」

「言いたいことは、わかる」とジュビリーがうなずきながら言う。「性差別に憤《いきどお》っている男たちはめずらしくない。だが、的はずれな反感も多い。おまえも、そうだろう」

「どうしてです」きっとポワナはジュビリーをにらむ。「フィラールでは、生まれながらにして男子の価値は女子より低い。男は女の影を踏むな、下がっていろ、と言われて育つ」

「だから、なんだ。親から大事にされなかった、とでも思っているのか？」

「すべてにおいて、双子の姉のサフランのほうが大事にされてましたよ」

「大事にされる、そのされかたが違うだけだ。憎まれて育てられたという実感があるなら別だが。毎日母親から殴られていたとか、死ね、と言われていたとか？　いいや、そうではないだろう」

「それは、まあ、そうですけど」

「おまえはそれなりに大事にされて育ったんだ」

「なんでそんなことがわかるんです」

「殺されていない。生きている。それだけで十分だろう。わかりそうなものだ」

「わかりません」

「おまえが言ったんだぞ、ポワナ。おまえは双子で、男のおまえは生まれてすぐに殺されるはずだった、と」

「シューフェランに選ばれた、その片割れは、殺される。それが昔からの決まりです。あなただって知ってるでしょう」

「むろんだ」

「でも、いまは、そんな時代じゃないですよ。そんな迷信で殺されていたら、いくら身体があっても足りないでしょう」

「それは違う。シューフェランの片割れが生きるか死ぬかは、親次第だ。おまえは親に大事にされたのさ」

「わかりませんね、ぜんぜん」

「シューフェランとは」と匈冥が口を挟んだ。「どうやって選ばれるんだ？」

「現シューフェランが、予言する。どこそこの土地でいついつ生まれる、と。必ず、男と女の双子なんだ。で、男子は、殺される、とされている。だが、それはシューフェランとしては必要ないという意味であって、文字どおり殺せ、ということではないのだろうな。かつて女王の近衛隊長だったおれでも知らなかったよ。この歳になって初めて、わかった。それが証拠に、ポワナ、おまえは生きている」

「だから、いまはそんな時代じゃないんですよ」

「おれは、そうは思わない」とジュビリーは生真面目に言う。「殺されずにすんだ弟は、絶対に自分はシューフェランの片割れだと明かすことなく生きていく、それが正しい生き方だ。かつてシューフェランの弟は、もし生かされていれば、そうしてきたはずだ。だからおれは、歴代シューフェランに生きた弟がいたなんてことは、聞いたことがなかったんだ。時代が変わった、か？　たしかにそうかもしれない。ポワナ、おまえのような馬鹿な片割れが出るようでは、王家も長くないかもしれん」

「おまえの運の強さは」と匋冥が、呆れたという口調で言う。「並ではないな」

「どうしてです」

「フィラールでいまのように、自分はサフランの弟だと大声で叫んでいたら、たぶんおまえは王家の指図で殺されていたろう」

「だろうな」とジュビリー。「匋冥という部外者でもそれがわかるんだからな。おまえは、ほんとうに、運がいいというのか、なんというか、馬鹿だ」

「しかし、いま、おまえの運は、つきようとしているのかもしれん」と匋冥。「姉が追ってきているわけだからな。おまえは必ず見つかる。おれはおまえをかくまう気はない」

「そんな、いやだな――」

「とにかく、だ」とジュビリー。「おまえは、すねているだけだ。自分は親からも蔑《さげす》まれ、くる日もくる日も畑に出てシュルの世話ばかりさせられているというのに、姉といえば宮殿で毎日うまい物を食って、綺麗な衣装を着て、みなから称賛され、崇められている、こんなのは不公平だと、そういうことだろう」

「そうです。そうじゃないですか。事実だ」

「姉のほうこそ、気楽に生きることができるおまえの境遇をうらやみ、不公平だと思っているに違いない、そうは思わないのか」

「そんなの、知りませんよ、ぼくは姉じゃないんだから。でも、姉は満足していると思うな」

「満足できようとできまいと、公平な人生などあり得ない」とジュビリー。「自ら、満足いくように生きるしかない」

「だからぼくは、海賊になりたいんだ」とポワナ。「匋冥教はぼくにそれを教えてくれたんですよ」

「それは、幻想だ」と海賊匋冥は言った。「そんな教えなど、幻想譚にすぎない」

「中味も知らずに、そう言い切れるんですか」と怖いもの知らずのポワナだ。「幻想ではなぜいけないんです」

「腹を満たすことができないからだ」と匋冥。「他人が提供する幻想を信じるなど、愚か者のすることだ」

「あなたは、なにを信じて生きているんですか」

するると海賊は、即答した。

「おれか。おれは、自分を信じている。いまの、この、自分だ。当然だろう。過去の自分は変えられない。未来の自分は存在を保証されていない。だから、海賊をやっている。海賊には、過去も未来も存在しない。海賊をやるしかない、というリアルを生きているんだ。なんの幻想もそこにはない。ただ、生きている。それだけだ」

「……わからないな」とポワナ。

「いままで、この艦内にいて」とジュビリーが言う。「わからないはずがないだろう。おまえは十分、匋冥を知ったはずだ。匋冥教を叩きつぶす、そう聞いただけで、それだけでも、匋冥のことがわかりそうなものだ」

「おれは、自分を操ろうとしたり縛ろうとする者を、叩く。宗教は最も強力な、縛りだ。そこでおれの虚像が創られるのを放置しておくわけにはいかない」

「幻想は、つぶす、と」とポワナ。

「そうだ」と匋冥。「おれは、他人の物語の中で生きるのはごめんだ。そんな虚構は、この手でつぶしてやる」

「あなたは神になれるかもしれないのに？」

「神が人であるわけがない、そう言ったのはおまえだぞ。おれは人間だし、これからも人間でいたい。おまえが教祖をやりたいというのなら、祭り上げてやってもいい。素晴らしい教えの下に殉教できるだろう。おまえのような人間には満足のいく人生に違いない。どうする」

「いえ……遠慮します、もちろん」

はい、と言えば、この海賊の手で殺されるに決まっている。匋冥は、殺してやろうか、と言っているのだ。さすがにポワナにも、それはわかる。

「では、心おきなく、つぶしにいこうじゃないか。これからフィラールへ飛ぶ。現地に着いたらおまえが案内しろ、ポワナ。ジュビリーはフィラール地下組織の情報をカーリー・ドゥルガーに渡せ」

「了解した」

「カーリー、匋冥。行けるか？」

〈はい、匋冥。Ωドライバは通常状態に復帰、目的地の設定が可能になりました〉

「Ω空間での、この出来事は、幻想だとカーリーさん、言いましたよね」とポワナ。

〈ええ、言いました。いわば、幻想だと。それが、なにか？〉

「もしかして、違う話をしていた可能性もあるわけ？」

〈違う、という概念自体がここでは定義不能なのですから、違う話の内容という、そこに意味はありません〉

「ここでは意思決定はできない、そういう説明でした。なら、フィラールに行くって、決められないのでは」

〈決められたのですから、決められない場からもう出たのだ、と考えればいいのです〉

「では、いまの体験は幻想なのか、そうでないのか。いったいどういうこと？」

〈あなた次第、ということです。自分が信じられない、いまのあなたのような自己があやふやな者のために、人間は確定した幻想譚を、一例として神話といったものを、必要とするのだと、わたしは思います。わたしはあなたのその不安に共感することができるので、あなたが問うている事柄について、なにを疑問に感じているのかを、理解することはできます。ですがわたし自身は、あなたのような疑問や不安を抱くことはありません。わたしの目には、あなたには見えないものまで見えているから、という喩えでおわかりいただけますか、ポワナ・メートフ〉

「……まあ、なんとなく。あなたは、人間より偉いんだな」

〈あなたより、ですね〉とカーリー・ドゥルガーは楽しそうな声（だったに違いないとわたし、ラジェンドラは思っている。この会話については、ポワナの記憶によれば、実際になされた）で言った。〈でも匋冥は、わたしと同じように、ここで話された内容がどうであったかについてこだわったりはしていません〉

「ほんとうに？　ほんとうですか、匋冥さん？」

「フィラールへ行く」と匋冥は言った。「もしΩアウトした場がそこではなかったら、自分は実はフィラールではなく、ここに来たかったのだ、と思えばいい。それだけのことだ」

「なるほど」とポワナはうなずいた。「それだけのこと、か。ぼくは、考えすぎるから、いけないいんだ」

海賊たちと海賊船は笑う。だがポワナには、なにがおかしいのか、わからなかった。

〈Ωアウト〉とカーリー・ドゥルガーが言う。〈環境探査、周囲索敵。異常ありません。フィラール近傍の通常空間です〉

「海賊航行だ、カーリー」と匋冥が告げる。「正規航路は避けて、見つからないようにフィラールに接近する」

〈了解しました〉

海賊船はランサス星系の惑星フィラール圏へ、監視網を刺激せずに侵入する。

7

こちら太陽圏の広域宇宙警察・海賊課所属フリゲート、ラジェンドラです。フィラール国際宇宙港への入港と乗員の上陸を申請します。フィラール入星管理センター、応答してください。

こちらフィラール入星管理センターです。入港と上陸の目的をどうぞ。

海賊事件の捜査です。捜査対象は、海賊匋冥。貴国で活動中の匋冥教なる組織集団との関連を疑っています。海賊課刑事、ラテルと、同アプロ刑事が、フィラール全土での捜査を行いたく、上陸の許可を求めます。

しばらくお待ちください。関係部局に問い合わせています。

了解しました。

——惑星フィラールへの入星申請記録より

入港自体は、さほど面倒な手続きはいらない。定められている航路にのり、入港管制センターの誘導に従って、指定されたポートに降りるだけだ。入港料はそれなりにかかるが、海賊課の経費でまかなわれる。停泊料はけっこう馬鹿にならないので、ラジェンドラは乗員を下ろした後、また大気圏外に上がって待機するのが普通だ。

問題は、ラテルとアプロの上陸許可をとることだった。海賊課の強権を発動し、フィラールに対して治外法権行動をとることもいざとなればやれるのだが、現状では無理だとラテルは判断していた。チーフ・バスターにその伺いを立てれば、許可は出せないという返事が返ってくるに違いない。なにしろ、匋冥の影すら摑んでいないのだ。強権を発動する根拠を示すことができない。

通常の事件ならば捜査対象がはっきりしているので強権発動などという手段をとるまでもなく、捜査名目で上陸、入国ができるだろう。相互捜査条約を持ち出すまでもなく、海賊課であることを証明できさえすれば、フリーパスでほとんどの地域に入ることが現実にできるし、地元の警察に捜査協力要請もできる。だが、事件がいまだ起こっていない、あるいは捜査対象がはっきりしていない場合は、そうはいかない。海賊課は嫌われている。

この問題を救ったのはサフラン・メートフだった。彼女の聖名の威力は海賊課の比ではなかった。ここ、フィラールにおいては。

シューフェランが海賊課刑事の二人を引き連れて一時帰国する。手続きは、その宣言のみだ。入星管理センターは、それでOKを出した（ただし勝手に行動してはならない、担当の案内に従うように、との指示はあった）。偽のシューフェランだと疑われたりはしないのか、というラテルの問いに、自分以外の人間がシューフェランを名のれば、即刻シューフェンバルドゥに殺されるだけだ、みなそれを知っている、というサフランの答だった。シューフェランという名を口にするのは、いわば命懸けの覚悟が必要であり、その効果は絶大だ、というわけだ。

しかしこれは、わたし、ラジェンドラにとっては、いかにも人工的に感じられる〈効果〉だ。対人知性体なしでは理解できない。ようするにヒトの社会的規範といったものと同じく、人間関係を維持している〈物語《フィクション》〉であって、ラジェンドラという艦体が航行する大宇宙という無人のリアル空間には、そのような物理的な効果は存在しない。人間にのみ通用する、一種の幻想にすぎない。

この、いかにも人間的な効果をラテルが体感し、感心しているうちに、わたし、ラジェンドラは情報触手（物理的な実体はない）を伸ばして入星管理センターのネットワークに侵入し、情報を探っている。無断だが、海賊課の権限として認められている行為だ。

わたしの感覚では、自分の神経網が惑星フィラールの表面上へと延びていくように感じられる。その様子を正面ディスプレイに表示して、ラテルたちにも見せてやる。

「これは」とサフランが訊く。「なんですか」

惑星フィラールの球体表面を、青く輝く細い線が無数に延びて、網状になり、包み込んでいく。ところどころで、火花のような閃光がひらめく。匈冥や匈冥教、海賊に関係していると思われる情報、検索事項にヒットしている様子だ。

「ラジェンドラがフィラールを裸にしているんだ。情報的に、むき出しにしている」

〈匈冥教に関する情報をサーチしています。興味深い情報が二、三見つかりました。フィラール北部山岳地方のサグラフィス地域で、匈冥教徒を名のる集団による、凶悪事件がいくつか発生しています。それらほどでなくても、地域住民とのトラブルや、うわさ話など、中には好意的なものもありますが、匈冥教に関する人人の関心や動きを、いくつも簡単に見つけることができます。それらの流れからして、サグラフィスの山岳地帯が匈冥教の発祥地で、その教えはそこから南下して広まっていることがわかります〉

「弟が入信したのは、南部の王家直轄の農村地帯にある、わたしの実家にいるとき、でしょう」とサフラン。「弟は今回の家出以前に北部に旅行したことはないはずです。匈冥教の拡がりは、すでに王家の膝元を脅かす地域まで及んでいることになりますが、この事実は、もちろん、王家、王室情報部も認識しているでしょう」

「そして、シャルファフィン・シャルも、ですね」とラテル。「相当、神経をとがらせている。匈冥と名がつけば当然だとわれわれは思うけど、シャルや王家にしても、たんなる弱小な邪教集団扱いはしていない。その反応は、異常な気がしないでもない」

〈シャルファフィンの個人的な感情が反映されている可能性は、あります〉

「過剰反応、か」

〈過小に評価して大事に至らせるよりはましでしょう。おそらくシャルは、そのように判断しているものと想像できます。なにしろシャルは、海賊匂冥の実力を肌で知っている〉

「肌で、ね。ラジェンドラ、言うことだけは生生しいな」

〈それは、ラテルの性根がそう感じさせるだけでしょう。肌で知っている、はレトリックです〉

「そうなのか?」

「宴会のことは」とアプロ。「まだシャルに知らせてないよな。知らせよう。向こうで準備もしなくちゃいけないだろうし」

「焦るなって、アプロ。サフラン・メートフが海賊課に同行して戻ってきたことは、もうシャルに伝わっているだろう。出方をみよう。向こうからなにかを言ってくるのを待つ。それより、ラジェンドラ」

〈なんでしょうか〉

「匂冥教信徒による凶悪事件というのが気になる。どういう事件だ」

〈サグラフィス藩主の館に押し入り、使用人を含めて総計三十三名を惨殺して金品を強奪した、という事件です。サグラフィス地方警察の武装警官隊との撃ち合いにより九名が射殺され、八名が投降して逮捕されました。取調中に八名全員が今回の犯行は宗教的な確信犯であることを主張したことから、サグラフィス地方警察では通常犯ではなく宗教犯であることを認め、宗教警察への引渡を決定しています。現在、彼らをそちらへ護送するための準備中です〉

「それは」とサフランが、気持ちを抑えているのがわかる口調で言う。「相当な覚悟がなくしてはできないでしょう。その犯人らは当然ですが、引き渡す側も、です」

「そりゃあ、自分で捕まえたやつらを手放すんだから」とラテル。「覚悟がいったろう。わかります」

「いいえ、ラテル、あなたは、知らないでしょう。ここフィラールでは、宗教警察の取り調べが過酷で厳しいことは子どもでも知っているのですが。警察関係者は、手柄を横取りされるといった思いは抱かなかったと思います。むしろ、彼らを止めたはずです」

〈犯人らは、匋冥神が降臨し、自分らを救うと信じているようです〉

「匋冥が助けにくるというのか」とラテル。

〈匋冥神が、です〉

「当人はどう思うかな。このことを知ったら、匋冥はどう動くと思う」

〈匋冥教と海賊匋冥との関連性が不明ですから、予想できません。匋冥教は、匋冥がフィラール進出の足がかりにすべく作った組織かもしれないわけですし、そうではなく、匋冥はまったくの無関係で、ポワナ・メートフの存在すら知らないということも考えられます。ポワナはカーリー・ドゥルガーに乗船したようだ、というのは、いまだ確認されていない、われわれの推測にすぎません。――ですが〉

「なんだ？」

〈匈冥とは関係のない、いまだ逮捕されていない彼らの仲間、武闘派の信者たちが、彼らを奪還する動きに出ることは、十分あり得ます〉

「いま、逮捕された連中はどこにいる」

〈サグラフィス地方警察、中央署内、留置場です。まもなくフィラール首都にある宗教警察本部へ護送される予定です。署の警備は厳重なので、そこが襲撃される確率は低いでしょう〉

「だけど道中はわからない、と」

〈奪還目的で狙われるとすれば、道中でしょう〉

「では」とラテルは決断口調で言う。「護送警備に協力するとしよう。ラジェンドラ、交渉だ」

〈了解〉

「どういうことですか？」とサフランが言う。「ポワナの探索を、というわたしのお願いは、もうきいてもらえないということなのでしょうか？」

ラジェンドラが説明する。

〈ラテルは、フィラール領内に入り、そこで自由に行動できるようにするため、シャルファフィン・シャルの招待ではなく、護送警備を名目にしよう、というのです〉

「ラジェンドラも入れるようにするには、捜査活動の名目が必要だ」とラテル。「護送の事実を広く流して、仲間たちに襲撃を促すようにしてもいい」

「なんということを。本気ですか」

「もちろんです。実際に襲撃されるなら、その者たちも捕らえて、匋冥教の実体に迫ることができる。襲撃しやすいようにお膳立てをすることも、こちらの戦略としては正しい」

「ラジェンドラ、あなたも、そう判断しますか？」

〈はい、サフラン・メートフ。匋冥教の実体を知るためには、どのみち、その信者たちとの接触が不可欠です。接触する信者の数は多いほどいい。また、ポワナの出奔理由と、匋冥教の実像を知る、というのは、ポワナ捜索に欠かせない条件でもあります。今回、護送警備の名目で信徒たちと接触できれば、それらを叶えることができます。同時に、この手段によって、匋冥をおびき寄せることができるかもしれません。護送される信徒たちをわれわれがインターセプト、すなわち横取りして、海賊課による尋問を実行するという手段も、選択肢としてはあり得ます。それを餌にしてカーリー・ドゥルガーを呼び寄せることができれば幸運ですが、そこまで期待するのは虫がよすぎるかもしれません〉

「あなたがたは」とサフランは驚きの表情を浮かべて言う。「囚人たちを拉致し、海賊を引き寄せるための囮《おとり》に使うというのですか」

「まだ囚人じゃなくて、未決囚です」

「なおのこと、ひどいではないですか」

「囚人なら食べてもいいとでも？　いいや、それはアプロの台詞だ」

「餌だよ」とアプロ。「囮というより、海賊を引っかける餌」

「われわれの敵は海賊だ、メートフさん。利用できるものはなんでも利用しないと海賊には対抗できない」

「彼らは海賊とは無関係かもしれないでしょう」

「無関係ならば、それはそれでめでたいことでしょう。それをわれわれが証明してやれるのだから。ポワナの利益にもなる」

〈護送車が用意されているのを確認しました。ここから直接精密照準が可能です。護送車はタイヤ駆動ですので、郊外の砂漠に出たら針路上の地面に穴をあけ、横転させることができます。その救援に行くという名目で接触するのがいいでしょう。現在、先方からは、護送警備の協力はいらない、と言ってきていますので〉

「それでいこう」とラテル。「それまで、入港待ちを続けよう。こちらの攻撃準備を悟られるな」

ラジェンドラは大気圏外の宇宙空間にて、フィラール宇宙港へ降りる順番待ちをしているところだ。

「なにを言っているんですか」サフランは大きな声を出す。「やめてください。なにをしようとしているのか、みなさんはわかっているんですか。これはわがフィラール王家や人民に対する主権侵害です」

「海賊にもそう言ってやってください。言っても無駄だ。シャルは、それを知っている」

「だから、宴会しよう」

〈パルスショックガン、レディ。目標追尾中。いつでも発砲可能です〉

「物理的なショックを与えるのはやめよう」とラテル。「護送車のモータを止める。やれるか」

〈モータの制御コンピュータを遠隔破壊することは可能です。しかしCDSの使用はコストがかかりますよ、ラテル〉

「おまえらしくもないことを。対コンピュータ戦闘フリゲートだろう、それをサフランに見せてやれ。セット、CDS」

〈了解です。精密照準完了。CDS、レディ〉

「発砲はわたしが許可しません」とサフランが毅然と言う。「シャルファフィアスと話したいので、わたしのコミュニケータを回線に繋いでください」

サフランのいうコミュニケータというのは、携帯している情報端末だ。地上に降りればアクセスポイントに不自由しないが、宇宙では繋がらない。

「わかりました」とラテル。「ラジェンドラ、メートフさんのコミュニケータの通信中継だ。こちらもシャルを呼び出せ。挨拶は必要だ」

〈了解、実行します〉

まず、サフラン・メートフがコミュニケータを使って、自分に弟の捜索を命じた高官であるシャルファフィンを呼び出し、事情を説明した。これは音声通話のみだ。通話内容はラジェンドラには傍受できたが、サフランへの礼儀としてラテルとアプロには知らせなかった。ラテルも通話内容をスピーカーに出して通訳しろ、などとは言わなかった。

シャルファフィンは、シューフェラン相手というよりもサフランという妹を労《いたわ》るような口調で話していた。ような、ではなく、実際に、『あなたには苦労をさせた、女王陛下に代わって感謝します』と言っていた。

ラテルが海賊課を代表し、公式にシャルファフィンと交信したとき、シャルの態度はまったく違っていた。威圧的といっていい。実際、ラテルは、すみませんという感じも露わにする情けない態度で応対した。わたし、ラジェンドラが、シャルの映像をメインスクリーンに大写ししたことも影響しているかもしれない。

正面の大きなスクリーンに現れたシャルファフィンは、黒に近い深緑のドレスに身を包み、同じ色の髪を結い上げて左右に広げるという（ラテルにはどうやってこういう髪型を作るのかわからない）見るからに儀礼的な形の髪の中央に、銀色の髪飾り（プラチナに王家の紋章を透かし彫りにしたものだ）をつけて、ラテルたちを見下ろした。実際はレンズを見つめているだけなのだが、スクリーンの位置が上だから、そうなる。それでラテルは心理的に圧倒されてしまった。サフラン・メートフがその場に跪《ひざまず》いたのも影響している。ヒトに備わっている動物的な順位付け本能のせいだろう。

「あー、こちらは、海賊課です」とラテルの第一声は、ラジェンドラがカットする。あー、は余計だ。「わたしは、ラテル・サトル、海賊課一級刑事です。こちらは、同アプロ刑事。太陽圏の海賊課・火星ダイモス基地所属のフリゲート、ラジェンドラに乗艦しています。現在、フィラール宇宙港に入港すべく、待機航路上にて待機中です。シャルファフィア閣下には、ご機嫌麗しく、お目にかかれて光栄です」

ここでラテルはことばを切り、相手の出方をうかがう。賢明な態度だ。ラジェンドラも沈黙を守る。

画面のシャルファフィンはすぐには口を開かなかった。軽軽しく応答しないことで自らの重みを相手に伝える、そのような態度が身に付いているのだろう。ラジェンドラの対人知性体は、組み込まれた知識から真っ先にそれを連想したが、実は、そうではなかった。彼女は、逡巡したのだ。海賊課を相手に自分の立場をどのように演出するのかという、まさしくヒト的な思惑にとらわれていた。だが迷いは、口を開いたことで吹っ切れる。彼女は海賊課との共闘をここで決意した、つまり、戦闘モードに入ったのだ。

『わたしはシャルファフィン・シャルファフィア、フィラール王国およびフィラール連合王国を代表し、海賊課の来訪を歓迎します……いいえ、訂正します、これはわたしの個人的な、私的な会見であるとお考えください。海賊課はこの通信の秘密の確保および保証が、できますか?』

〈もちろんです〉とラジェンドラが間髪をいれずに答える。〈現在この回線を傍受している可能性のある、すべての干渉的存在を視覚的に表示します。赤い線で表示されているのが、それらです。強力な受動的干渉排除措置をとっていますが、干渉対象に対して能動的な対抗措置も可能です。先方の機器を目標にした物理的攻撃も可能ですが、現在の措置だけで十分、通信の秘密は護られています〉

「それと」ラテルが補足する。「海賊課はどのような手段で得た情報も、他には漏らしません」

『わかりました。海賊課の力は存じ上げています。みなさんの来訪は、わたしの個人的なお願いでした。いらしていただき、感謝します。このことは陛下も知っていますが、公にはしていません。すべての責任は、このわたしにあります』

画面のシャルファフィンは両手を上げて髪飾りを取る。隠されていた腕が肩から露わになる。髪飾りを置き、髪をすくい上げて頭を一振りすると、長い髪が流れるように下りた。サフランが、はっと息を呑む。その気配にラテルは気がつかない。ラテルも見とれていたから。なまめかしさを感じて。サフランのほうは、おそらくこれまで見たことのないシャルファフィンの私的な態度だったのだろう、思わず視線をそらして床に目をやった。

シャルファフィンは、威厳という武装を解除してラテルチームと相対する覚悟を決め、それを態度で示したのだ。ラジェンドラにはそれがわかる。ラテルにはシャルのその行為の意味がわからなかったので、ラジェンドラが〈わたしの優秀さは、こういう場面でも発揮されるのだ〉、海賊課はその行動の意図を理解し彼女の覚悟を受け取ったことを、伝える。

〈了解しました、シャルファファフィアス。われわれは、あなたの決意表明をたしかに受け取りました。あなたの決意を尊重します〉

『ありがとうございます。わたしのことは、シャル、と呼んでください。あなたがたの慣習に従って。ラテル、アプロ、あなたがたも。いいですね?』

「はい、わかりました」とラテルがようやくわれを取り戻して、言う。「……ということは、サフラン・メートフさんが海賊課にやってきたのは、あなたの命令だった、つまり、最初から、こうなることを、あなたは意図していたのだと、そういうことですか」

『そのとおりです、ラテル刑事』

「匃冥教は、そんなにも脅威なんですか。匃冥が関係しているんですか?」

「ポワナ捜しの打ち上げ宴会は?」とアプロ。「最初から用意してるってこと?」

『はい』そう言って、シャルは微笑んだ。『あなたのことは、よく存じ上げております、アプロ刑事。わが王女の火星観光旅行の折りには、みなさんラテルチームには、警備面でたいへんお世話になりました。とりわけ、アプロ刑事、あなたには。彼を倒せるのは、あなただけかもしれません』

「彼って」とラテルは不機嫌な声で、独り言のように言う。「匃冥のことか。おれには倒せないというのか」

〈ラテル〉とラジェンドラがすかさず助言を入れる。〈シャルの思惑に乗せられていますよ。彼女はあなたとアプロを競争させようとしているのです。われわれの、匃冥に対する敵愾心《てきがいしん》を利用しているのです〉

「そうか。なるほど」とラテルは先の独り言はなかったこととし、シャルに言う。「――匃冥はあなたに接触してきたんですか?」

『海賊匃冥が姿を現すなら、わたしは彼を殺すまでのこと。わたしのプライドにかけて、この気持ちに偽りはない。彼も十分承知しているはず。わたしは彼を忘れた。夢にも出てこないまでに。それが最近、匃冥神と名のる邪神が夢に現れた。匃冥ではなく、匃冥神と、たしかに名のった。匃冥教の事件を王室情報部が摑む前のことだった』

「予知夢、ですか。記憶の時間的交錯はめずらしいことではないでしょう……それで、その邪神は、あなたになにか予言をしたのですか？　脅迫とか？」

『匈冥がわたしを解放しにくる、と。女王に仕えるわたしを憐れみ、自由にしてやる、というのです。ようするに、海賊匈冥がわたしをさらいにくる、という予言です』

「それって」とラテルは、さらりと言ってのける。「あなたの望みなのではないですか、シャル。海賊の花嫁になりたいっていう、王宮では決して口にはできない、潜在的な、あなたの願望なのでは？」

「シャルファフィアスへの暴言は許しません」とサフランが気色ばむ。「いかに夫と定めたあなたであっても――」

〈だめです、サフラン・メートフ。ここでシューフェンバルドゥを呼び寄せてはいけない〉

『落ち着きなさい、サフラナン』とシャルファフィンが呼びかける、家族や親しい友人に呼びかける名称を使って。『あなたには見たくない、わたしの素顔かもしれない。ならば、シューフェランとしては、見なかったことにすればよい。それでもラテル刑事の指摘は、暴言でも冒瀆でもなく、正当な疑問と言えるでしょう』

「食べられたい」とアプロが言う。「匈冥に食べられてもいいと、シャルは思ってる。そういうこと？」

『決して。彼がわたしに手出しをするなら、戦います。迷いはまったくない。それでも、潜在的にはどうか、と問われれば、自信がない。なぜなら、そう、あれは淫《みだ》らな夢でしたから』

「……そこまで言わなくてもよかったのに」とラテル。「あなたは、つまり、淫魔に犯されるのを楽しんだというわけですね」

〈言ってるのはラテルでしょう〉とラジェンドラ。〈はしたない〉

「そうか。すみません、シャル。でも、そうなると、やはりその夢というのは、匋冥本人とは関係のない、あなたの願望かもしれない、それを認める、ということでしょう」

『わたしが恐れたのは、まさしく、そのことです』

「そのこと、とは——」と問うたのは、サフラン・メートフだった。「シャルファフィアス?」

『匋冥教とは』とシャルは言った。『わたしの潜在的な願望、性的欲望が生み出したものではないのか、ということです』

一同、沈黙する。最初に口を開いたのは、サフランだった。

「それは、あり得ません。そのような事実を、われらがシューフェンバルドゥが見逃すはずがない。おそれながら、シャルファフィアス、あなたは生きておいでです」

〈リビドーやエロスといったものは〉とラジェンドラが言う。〈ヒトの創造力の一つの源泉とされています。強力な精神作用力をもっているわけですから、それがヒトの集団に影響を与え、シャルの懸念を現実にしてしまう、ということはあり得ます。しかし一方、シャルの懸念は、精神的な失調、自己像の解離から生じたのかもしれないとも、疑えます〉

「病気ってことか」とアプロ。「それでもいいから、宴会を開くのは、忘れないでね」

「サフラン」とラテルが、サフラン・メートフの苛立った表情に気づいた。「怒らないで、お願いです。非礼はわびます。アプロもラジェンドラも言いたい放題で、申し訳ない。なにしろ育ちが育ちなもので。でも、おれから言わせてもらえば、シャルの恐れていることが事実であろうとなかろうと、もはや匋冥教が存在しているのは事実だ。この際、匋冥教の発生原因がなんであれ、それが生まれた経緯など、どうでもいい。匋冥は、現実に来るでしょう。シャル、あなたに会いにではない、匋冥教との関係はわからないけど、匋冥教の聖地を確認しに、匋冥は必ず、やってくる。降臨、というわけだ。来ないなら、おびき寄せてやる。われわれ海賊課は、それを、叩く。敵は、海賊だ」

『わたしも』とシャルファフィンは冷静な態度を崩すことなく言った。『夢で告げられたとおり、海賊匋冥はやってくると思っています。海賊の襲来に備えて、あなたがた海賊課のみなさんの、王国領内における警備行動を、女王陛下の名において、許可します』

「ありがたき幸せ」とラテル。「って、許可かよ。あくまでも、助けてくれとは頼まないわけね」

『ラテル刑事、なにか？』

「いえ、こちらの話です」

『シューフェラン・サフラン、あなたはポワナ・メートフの捜索を続けなさい。ポワナを匈冥教から奪還せよ。できなければ、シューフェンバルドゥで討て』

「はい、シャルファフィアス……仰せのままに」

「あなたの弟を殺させはしない。サフラン、おれがついてる」

ラテルは跪いているサフランに手を差し伸べる。スクリーンのシャルファフィンが微かにうなずいてみせると、サフランはラテルの手を握り、立ち上がる。

「おれたち、だろ」とアプロが言う。

〈わたしたちが、ついています〉とラジェンドラも言う。〈手柄の独り占めはよくないと思いますよ、ラテル。アプロの気持ちを代弁しました〉

「おまえたち、おれの気持ちが、ぜんぜん、わかってない」

『ラテル刑事、お心遣い、感謝します。みなさん、サフランへのお力添え、よろしくお願いいたします』

「わかりました。おまかせください。さっそく警備行動に移らせてもらいます。匈冥教徒を名のっている犯罪者たちを護送中の乗り物が、砂漠の真ん中で故障して動けなくなる予定なので、その救援に向かうことにします」

「シャルファフィアス、海賊課は護送車を攻撃するつもりです」

サフラン・メートフがラテルの言葉を補足説明する。CDSで、護送車の走行モータを止める、という計画を。聴き終えたシャルは、ラテルに訊いた。

『それは、警備行動ですか、ラテル刑事？』

「もちろんです」とラテル。

「囚人を食べたりしないし」とアプロ。

〈なにも破壊しません〉とラジェンドラ。〈見た目には、ですが〉

「とにかく、匋冥教徒から直接情報を収集しなくては、なにも始まらない。これがわれわれのやり方だ」

『そういうことです、シューフェラン。海賊課に協力を仰ぐ以上は、その流儀は尊重しなければならない。いいですね？』

「仰せのままに、シャルファフィアス」

『では、みなにシュラークの加護がありますように』

「幸多からんことを」

サフランの別れの挨拶のあと、通信は向こうから切れる。

「毒には毒を、ということですね」と、サフランは、緊張を解かれたことがわかる、疲れた声で言った。「シャルファフィアスは海賊課のやり方に精通しておられる」

「いや」とラテル。「彼女は、海賊課より、海賊のことをよく知っていると思うな」

「同じことでしょう」とサフラン。「海賊よりも海賊らしいとか、公認の海賊だとか、海賊課に関する噂はわたしも知っています。信じてはいなかったですが」

「あなたを海賊から守るためなら、おれは毒になってもいい。これは本気だ」

〈シャルファフィン・シャルは〉とラジェンドラ。〈サフラン、海賊に対抗できるのは、海賊と同じ邪悪な力ではなく、聖なる力だと信じています。彼女自身が、そういう存在なのです。だから、匈冥に負けるとは思っていない。たとえ殺されても、命を取られたとしても、負けない。サフラン・メートフ、シャルは、あなたにもそうあってほしいと願っている。あなたの剣を海賊の血で汚すようなことは、させたくないのです。あなた自身も言ったでしょう、聖剣を海賊退治ごときには使いたくない、と。だからシャルは、われわれを頼ったのです〉

「穢《けが》れた仕事はあなたがたにさせる、ということですか」

〈ある意味では、そうです。別の意味では、違います。聖も邪も、毒も薬も、もとはといえば同じものであって、それらを区別しているのは、ヒトの思い込みや、ヒトという人体の存在そのもの、です。わたしは広大な無人の世界を、ヒトの感覚なしで感知することができますが、そこには、そうした区別はありません。聖も邪も、毒も薬もない。わたしが海賊に対するとき、それらが出現します。あなたがわれわれ海賊課を、毒であり穢れた仕事をしている、と言うのなら、そうなります。ラテルは、それでもかまわない、と言っていますが。あなたを穢れから守るためなら自分は汚れてもかまわない、と〉

「どのみち」とラテルは自嘲気味に言う。「やることは同じだし、正直言って、正義のためだ、なんて思ったことはあまりないし」

「そんなカッコつけてたら」とアプロ。「食いっぱぐれるし」

〈サフラン・メートフ、ですが、シャルファフィン・シャルは、海賊課を毒で邪悪だ、とは思っていないと思います。むしろ聖なる存在として、信頼していると思います〉

「なぜ、そう思うのですか。どうしてそれがわかるのです？」

〈彼女自身が、そうだから、です。言い換えれば、わたしには彼女がそのような、聖なる側のヒトに見える、ということです。海賊に屈しないために必要なのは、海賊に勝る毒や邪悪ではなく、対称の力、すなわち聖であり薬だと、彼女自身がそのように匈冥に対してきたことから、彼女は体験的に、それを知っている。そして、あなたにも知ってほしいと願っている。そうに違いないとわたしは思っています〉

「少し元気が出た」とラテル。「やるぞ、ラジェンドラ」

〈了解。目標捕捉中、ＣＤＳ、レディ〉

ヒトというのはほんとうにナイーブな生き物だと、わたし、ラジェンドラはつくづく思う。

8

われわれは海賊課です、みなさん、落ち着いてください。砂漠の真ん中で、水も食糧もなんにもないところで故障とは、とっても心細いでしょうが、われわれが来たからにはもう大丈夫。大船に乗った気分でどうぞ、まかせてください。

救援はありがたいが、宗教警察へ送る連中は凶悪犯だ。勝手に近づかないようにしてくれ。

モータの修理は、これではできないな。

わ、黒猫が喋った。

おれはネコじゃない、刑事だ。

上に浮かんでいる、黒い岩山はなんだ。

あ、あれは、落ちてきませんから、ご安心を。海賊課の宇宙フリゲートです。あれが、大船です。はい、匈冥教徒のみなさん、並んでくださいね。一人ひとり、お話を伺いたいので。

凶悪犯に近づくなと言っている。われわれの本部に連絡してくれ、海賊課。ちょっと電波が遠いようで、繋がらないですね。砂嵐かな。通信機まで故障するなんておかしい。おまえたちの仕業か、海賊課。いや、もしかして、おまえたち、海賊か？

われわれは、海賊課だ。

どのみち似たようなものだ。

海賊と一緒にするんじゃない。繋がりそうだったのに、いまので駄目になった。繋いでやらない。

汚いぞ、海賊。

だから、海賊課だって。


——護送中の匋冥教徒への尋問ファイル冒頭部分より

海賊課に先回りされたか、とジュビリーが言う。

「海賊課は、どうやら匋冥教を探っているようだ。偶然ではないだろう。いったいどういう経緯でこうなったんだ？」

カーリー・ドゥルガーの戦闘情報司令室のメインディスプレイには、フィラールに向けて放った無数の情報収集パラサイトワームからの情報が表示されている。

その一次情報の表示は無数の光点の瞬きにすぎない。それをカーリーが言語情報に変換し、膨大なそれらテキスト情報をすべて精査して、いま必要な情報のみを取り出し、さらにそれを編集している。結果、それはフィラールで起きている事態をカーリー・ドゥルガーの意思によって解釈したもの、であって、事実そのものを表しているわけではない。それでも、それでなにか問題が生じることはまずない。なぜなら、人間の社会や現実というものが、それでもかまわないほどにアバウトであるからに他ならない。

広いメインディスプレイ一面に瞬く光点の意味をポワナが尋ねたとき、それが、カーリー・ドゥルガーの答だった。

〈わたしが緊急退避手段をとった意味がなくなりましたね〉とカーリーが言う。〈かえって海賊課に目をつけられることになったようです。わたしのミスです〉

「海賊課はおそらく、ポワナを追っている姉のシューフェランから、ポワナ捜索の協力を要請されたのだろう」匋冥が冷ややかな口調で言う。「ラテルチームが出張ってきたとなれば、目的は、おれだろう。ポワナを追っているにしても、それは二の次になっているはずだ。彼らは、おれを誘っているんだ」

「では、どうするんですか」とポワナが心配そうに訊く。「罠だと知りつつ、捕まりに行くんですか」

「おまえは」とジュビリー。「捕まれば、姉に殺されるだろう。まず間違いない。姉がやらなくても、王家がやる。シューフェランの弟が生きていて、しかも邪教徒というのは、あってはならないことだからな」

「捕まりたくないです。ぼくは、海賊になります」

「海賊になるなら、捕まる前に殺される」と匋冥。「間違いなく、海賊課に殺されるだろう」

「ぼくは、じゃあ」とポワナは考え込むことなく言う。「ここで、待ってます」

「おまえ、自分がなにを言っているのか」とジュビリーが呆れて言う。「わかっていないようだから、教えてやろう」

「はい、エルジェイ」

「匋冥、教えてやれ」

「なにを？」と匋冥。

「なにをって。だめだ、これは。ポワナ、おまえは救いようがない」

〈ポワナ・メートフ〉とカーリー・ドゥルガーが、教えてやった。〈あなたは独りで、生きてわたしの艦内に居つづけることはできません〉

「どうして」

〈わたしが、あなたを放り出すから、です〉

「なぜ？」

〈おいておくことのメリットが皆無ですし、コストがかかるだけですから。わたしは、匋冥のようには、あなたのラックを信じてはいませんし、期待もしていない、ということです。あなたを失ってもまったく惜しくない〉

「ほらみろ」と勝ち誇った笑みを浮かべて、ジュビリー。「わかったか、小僧」

「小僧って……じゃあ、あなたは、どうなんです、エルジェイ――」

〈そのへんにしておかないと〉とカーリー・ドゥルガーが遮る。〈いますぐ、放り出します。あなたは、匋冥の友人ではない。それを認識しないと、海賊として使い物にならないどころか、人間として長く生きられないことを肝に命じなさい。あなたのラックはいまここで尽きる、ということです〉

「怖いな……言ったこと、取り消します。それでも、ぼくは海賊になりたい」

「おれの畑を手伝うか」とジュビリー。「艦内のシュル畑だ。それなら、カーリーも、おまえ独りの留守番を受け入れてくれるかもしれん」

「畑は、いやです」とカーリーの返事を待たず、ポワナは首を横に振る。「海賊のやることじゃない」

「おまえ――」

かっとなって手を出そうとするジュビリーを、匋冥が止める。

「やめろ、ジュビリー」

「匋冥、どうしてこんな若造をかばうんだ？」

「畑に縛られるのは、動物である人間として、本来の姿ではない。ポワナが海賊に憧れるのは、そういうことだ。やっとわかった気がする。ようするに、定住農耕ではなく、狩猟移動して生きたいということだろう」

「海賊船ならどこにでも行けますし」とポワナ。「好きなように生きられる」

「好きなように生きられるなどというのは幻想だ」と匋冥。「生きることは戦いだ、ポワナ。刻刻、勝ち残ったものだけが生きられる。好きにしていたら、殺されて終わりだ」

「だから――」

「畑で生きることを覚えた人間が、国を作った。人間が、戦争をゲームではなく、相手の絶滅を目的とした殺し合いにしてしまったのは、そのせいだ。農耕定住民のほうが移動狩猟民より嫉妬深く残酷で好戦的だというのは社会生物学的常識だ。人間は植物ではない。根を下ろして生きるというのは本来の姿ではない。だから定住はストレスになる。ポワナは、そのストレスから解放されたい、そういうことなんだ。それだけの理由にすぎない、と言うべきかもしれん。海賊とは関係ない。農耕定住という、むしろ海賊よりも好戦的な世界を逃れて、より安全な生き方をしたい、というのが本音だろう。姉の生き方をうらやむのも、そのせいだ」

「……ますます長生きをしそうな気配だな」とジュビリー。「本音には気づいていない。そうだろう、ポワナ・メートフ。無意識の願望ってやつだ」

「みんな、ぼくを馬鹿にしてませんか。ホットキーでもそうだったし」

「おまえは海賊には向いていない」と匋冥。「送ってやろう。帰れ」

「匋冥」とジュビリー。

「なんだ」

「こいつはなんに向いていると思う」

「それをもう一度、おれに言わせるのか？」

「なんに向いているって」とポワナ。「匋冥さん、言ってましたっけ」

「おまえは」とジュビリーが言った。「刑事に向いている、そう言われたろう。まったく、そのとおりだ。おまえを撃ち殺しても、おれの胸はまったく痛まないだろうよ」

「対海賊の、刑事だ」と匋冥。「おまえは、ポワナ、海賊になるには、恵まれすぎている」

「どうすれば、恵まれなくなるというんです」

「その覚悟があるのなら」と匋冥。「シューフェランを殺せ。それで海賊の端くれだと認めてやろう。おまえに銃を貸して、撃ち方を教えてやる。――カーリー、針路そのまま、ガルーダを出す」

〈了解しました。ガルーダの発進準備を開始します〉

「手の空いている海賊に召集をかけろ。数はいらない。精鋭、十名くらいでいい。それをつれていく」

〈わかりました。マクミラン社のベスタ・シカゴに集めさせます。よろしいですか？〉

「いいだろう」

〈了解しました〉

「シカゴは最近、肥りすぎだ」とジュビリー。「身も心も、稼ぎも、さ。手下を集めておいて、自分は行かないと言いかねない」

「ではジュビリー、おまえが絞ってやれ。おまえから直接、シカゴに命じるのがいいだろう。おまえが指揮を執れ」

「わかった」

「どこへ行くんですか」とポワナ。「捕まりに行くわけではないですよね」

「海賊課に匋冥教徒を始末させるべく、工作しにいく。匋冥教徒は海賊だと海賊課が認定すれば、やつらが一掃してくれるだろう」

「匋冥教徒は、地下に潜るでしょう」

「潜ってそのまま二度と出てこなくなれば、それでいい。おれの名を口にできなくなればいいんだ。我慢できずに出てきたら、それは目立つだろうから、一気に殲滅してやる」

「ぼくが姉を殺すことと、それと、どう関係するんですか」

「関係ない。おまえがシューフェランに殺されることには意味があるだろうが。おれはどちらの結果でも、かまわない」

そんなのは無責任だ、という言葉をポワナは呑み込んだ。

「ついてこい」と海賊匋冥はポワナに言って、戦闘情報司令室を出る。「おまえに使えそうな銃を選んでやる」

ポワナはあわてて後を追った。

つれていかれた先は、小火器の武器庫だ。一方が開《ひら》けていて、奥へ長く続く広い空間になっている。試射場に隣接しているのだ。匋冥が、手にしたショットガンをそちらへ向かってぶっ放したことで、わかった。銃口の円い穴から、銀色に輝く円い輪が放たれ、そのリングは大きくなりながら超高速で飛び、十メートルほど先で霧になって拡散する。

「ウォータショットガンだ。近接対人戦闘で、相手を制圧するのにもっとも有効な銃だ」

それを手渡される。撃ってみろということだろう。ぎこちない手つきで構える。

「どうやって狙うんです。リングを目標に当てるのは、広がるだけに、難しいです」

「リングは、マーカーだ。その円内に入っているものすべて、打撃を受ける。銃口から五メートル以内にいる人間なら、即死だ。ほとんど狙いなどつけなくていい。相手がいるほうに向けて、引き金を引く。それだけでいい」

「……そうなんですか」

もう一度かまえて、引き金を引く。なにごとも起こらない。取り上げられる。

「ほんとうに、初めてなんだな」と匌冥。「まず装弾しろ。こうだ」

ポンプアクション式なのだが、ポワナは知らなかった。匌冥は手本を見せて、しかし、それはもうポワナには渡さず、自分でもう一発撃って、もとの棚に戻す。かわりに、こんどは拳銃を取る。棚が移動して、拳銃の銃弾ケースが現れる。それを、拳銃に装着。匌冥は試射場奥に向けて、連射する。十三発を三、四秒で撃ち尽くす。奥に、霧が立ちこめる。これも、水鉄砲かとポワナ。すぐに換気されて見通しがよくなる。

「これが水拳銃、通称ダブラだ。こうやって相手の額に銃口を当てて」と匌冥はポワナにやってみせる。「引き金を引けば——」ポワナは動けない。「額に小さな穴が開き、反対側はスイカを割ったように飛び散って、頭が半分なくなる」引き金が、カチンと音をたてた。生きた心地がしないポワナだ。

棚から銃弾の予備弾倉を出して銃のそれと交換した匌冥は、撃てる状態になったそれをポワナに渡し、射撃の練習につき合う。

狙う的は示されない、ただ奥に向かって撃て、それだけだ。ポワナにとって初めて手にする拳銃は、思ったよりも軽かった。だが、反動は想像以上にきつかった。二、三発で手首を痛めそうだと感じ、一ケースを撃ち尽くすころには手首の痛みは本物になった。引き金を引く指も痛い。腕から肩も重くなり、五ケース目を撃つころには、片手では銃を持っていることもできなくなった。

軽いと感じたのはなんだったのだ、ずしりと重いぞと思い始めたころ、ジュビリーがやってきた。

「やってるな」と言いながら、「匈冥、シカゴの件、首尾は上上だ」と報告する。「あいつ、一気に痩せるぞ」

「それは健康にいいことだろう」と匈冥。

「ただし、少し時間がかかる。精鋭を選抜するのに三日ほしい、とさばをよんできたから、三十時間でやれと言ってやった」

「妥当な線だな。ベスタ・シカゴは余裕をもってやるだろう」

「シカゴ自身の命もかかってるからな。より抜きの海賊を用意してくるはずだ」

「わかった。――ポワナ、少し休もう。座れ」

床から、テーブルと椅子が出てきた。

ジュビリーは武器の棚から、なにか取り出そうとしている。ポワナは、どんな銃を試射するつもりだろうと興味を持ったので、注視していた。

ジュビリーが手にしたのは、剣だった。フィラールでなじみの、諸刃の長剣だ。革の鞘をはらって、ジュビリーはそれを手にし、試射場の入口あたりで、剣舞を始める。ポワナには、それが近衛兵が舞う儀式的なものだとわかる。

「裏切りシュフィールの舞いをここで見るとは」とポワナは低い声で言う。「でも、どうして王家を裏切ったのですか」

答えが返ってくるとは思っていなかった。だから、ジュビリーが舞いながら、「どうしてかな」と言ってきたので、ポワナは驚いた。「おれは、剣が好きだった。銃などという武器は野蛮だと、いまでも思っている。飛び道具に頼るなんざ、無粋だ。おれは、裏切ったわけではない、裏切られたんだ。たぶん、自分にだ」

「裏切りは目的ではなく」と匋冥が言う。「結果、そういうことになったんだ。なりゆきだ」

「それで、海賊に？」

「海賊になったのは、自らの意思による」とこれも匋冥。「最初から、ジュビリーは海賊だったのかもしれない。そういうことだ」

「そういうことって？」

「おまえのように」とジュビリーが舞うのをやめて、言う。「恵まれていなかった、ということだろう。匋冥に言わせれば、な」

匋冥はなにも言わない。ジュビリーは、剣を試射場の奥へと、投げ捨てる。すかさず自分の愛銃をホルスターから抜き、まだ空中にある剣に向けて、連射した。剣は空中で何度も跳ね飛ばされ、磨かれた刃身をきらめかせながら落下する。そして、床に着く直前、爆発、四散した。

いや、爆発したのは、空気そのもののようだった。ポワナは、フリーザーをホルスターに戻す匋冥を見た。試射場のほうから冷たい空気がどっと押し寄せる。その小さな嵐が収まってからそちらを見やると、撃たれた剣の破片はどこにもない。あの時と同じだ、サベイジのチェンラの店の、骨抜き銃の最期と。

「匋冥、おれの標的を横取りするなよ」

「床に剣の破片が散るだろう。掃除の手間を省いてやったんだ」

「射撃の腕が錆びていないか試してみた、と素直に言えばいいものを。まったく」

この二人のように撃てるまでになるのは、百年練習しても無理な気がポワナにはしたが、口には出さなかった。

「剣を撃つなんて」と、ポワナは言った。「どうしてなんです、エルジェイ。銃なんて野蛮だと言っていたのに。結局、しょせん飛び道具に剣は勝てないということですか」

「剣を持つ生き方はもはやできない、という、おれなりの」とジュビリーもテーブルについて、言った。「覚悟だ。海賊が優雅な生き方だとは、おまえも思わないだろう、ポワナ」

「それは、まあ。でも、銃を持つほうが強いに決まってますよ」

「強い？　いや、違うな」とジュビリーは、ポワナに答えるというより、独り言のように、自分に言い聞かせるような感じで、言う。「剣を使う世界を相手にするには、銃でも持ち出さなくては、勝てない。それが、海賊だ。海賊は弱い。だから銃に頼るんだ」

ポワナには、それをどう受けとめればいいのか、わからない。

「それって」とおそるおそる、言ってみる。「聖剣を持つ姉のほうが、銃を持つぼくより強いと、そういうことじゃないですか」

「当然だろう」とジュビリーは、言う。「そうではないとでも、思っていたのか？」

「銃を持たなければ」と匋冥が言う。「比べる対象にはならない。どちらが強いかなどという議論にはならない」

「姉に黙って討たれろ、というんですか」

「弱いから、討たれるというわけではない」と匋冥。「銃を持つなら、戦うしか生きる道はない、と、おれはそう言っているんだ」

「……わからないな」

「どのみちシューフェランに成敗されるなら」とジュビリーが生真面目に言った。「おまえは誇りを持って死ねるだろう。なにしろ、シューフェンバルドゥという聖剣に討たれるのだからな。シュラークの元に行けるかもしれん」

「……海賊のあなたに、そんなことを言われるとは思わなかったな」

「海賊には死後の世界はない」と匈冥が言った。「少なくとも、おれには、ない。だから海賊をやっている。何度も言ったとおりだ、ポワナ。おれには、いましかない」

「匈冥教は、まさに、それを救うんです」とポワナは言う。「神を持たない、海賊を」

「フムン。——匈冥教は本物だと、ジュビリー、おまえ、そう言ったな」

「ああ。教義は幼稚かもしれないが、宗教としては本物だろうと、たしかに言った」

「ようするに、宗教的な救済を説いているということだろう。それを信じると、どうなるんだ？」

「安らかに死ねるだろうさ。宗教のご利益《りやく》というのは、突き詰めれば、みな同じそこにいきつく」

「そうなんです」とポワナが言う。「匈冥教の信者は、死んだら匈冥になれると信じるんですよ」

「おれに、なる？」

「そうです。だから死ぬのも恐れない」

「そこまで洗脳されるのか」と匈冥。「不死身の兵士になれる、ということだな。しかし、みんなおれになれるなら、死後の世界はおれでいっぱいになる」

「匈冥は一人なんですよ、匈冥教でも。そこもまた、巧くできていて、信者に競争させるんです。なにがポイントになるのかはわからないけど、とにかくポイントを稼いだ信徒が、匋冥に一歩でも近くに行ける一番弟子になれて、いずれ匋冥になれる、というシステムです」

「そういうことか」と匋冥は眉をひそめる。ポワナが初めて見る表情だった。「いま、下で、匋冥教徒が捕まっている。さきほどカーリーから報告されたとおりだ。彼らは、ポイントを稼いだ気でいるんだ」

「殺人に、強盗か」とジュビリー。「そうか、わかったぞ、あんたが匋冥教の、なにを怒っていたのか。宗教的に本物となれば、やつらがやっていることは、海賊とは違うわけだ」

「どう違うんです」

「殺しのための殺し、盗みのための盗みが」とジュビリーは吐き捨てるように言う。「海賊の行為と同じであるはずがない。そのくらいは、わかれ。いちいち説明させるな」

「だって、エルジェイだって、いま、わかったって、匋冥さんの怒りが――」

「だまれ」

「やつらは、死ぬために、悪徳を積んでいる」と匋冥は低い声で言う。「生きるためではない。やつら匋冥教の教徒は、生ける屍だ」

「ゾンビ、か。そうかもしれない。なるほどな」

「完全に殺してやろう。二度と甦らぬように、やつらの救いの綱を断ってやる」

「フィラール王国首都、フィランドスにある宗教警察本部に向けて、護送中だそうだ。カーリー・ドゥルガーなら、ここから一撃でやれるだろう」

「それでは、救いがなくなったことを教えてやれない」

「……絶望させて、殺す、か」とポワナはつぶやいた。「そういうことですね」

「そうだ」

海賊匋冥は、試射場の奥を見つめて、言った。

「彼らが纏《まと》っている幻想《フィクション》という保護スーツをはぎ取り、リアルな世界へと、むき出しのまま、放り出してやる」

即死だ、とポワナは思った。まさに、完璧な死だろう。

理屈ではなく、ポワナは、その恐ろしさを身体的な想像にて、感じ取ることができた。煮えたぎる油を張った大鍋に突き落とされて処刑されるような、恐怖。いや、宇宙服なしで絶対真空の宇宙空間に放り出される、というほうが、より近い喩えかもしれない。が、どっちにしても、いやだ。

そこには一切の希望も、魂の救済もない。人間という存在が、物質やそれを含む物理現象に還元されてしまう。そうなれば生と死の区別もなくなり、人間が考えている価値や意味などを含めた、ヒトという一切合切の存在そのものが、完全に、消滅してしまう。

そのような場こそ、リアルな世界なのだといえば、そのとおりだろう。でも、とポワナは思う、人間は、そんな〈リアル〉には耐えられない。生きていくためには、宗教ならずとも、なにかしらの〈物語《フィクション》〉を、絶対に必要とするのだ。それが、わかった。

海賊匋冥は、それ、人間が生きていくために不可欠な物語を、奪う。これこそ、絶対悪にちがいない。人間にとって究極的な、だれもが悪と認める、普遍的な敵だろう。

そう考えて、ポワナは、気づいた。この匋冥は、まさしく彼自らが、そうした〈リアル〉に近い場で生きている。海賊匋冥の真の恐ろしさは、それでも生きている、その強靭さにあるのだ、と。

9

ラジェンドラさん、いまの警報はなんですか。

これは、サフラン・メートフ、大気中に危険な物質を感知したという、自動警報です。いまわたしたちは、サグラフィスの藩都付近を大気圏内航行中ですが、空気中になにか、人工的な危険粒子が浮遊しています。毒性を持った微小粒子や、化学物質といったものです。

サグラフィスは鉱業や工業はさかんではありません。フィラール全体でも、そのような危険物質が空気中に浮遊しているなんて、あまり考えられないです。

そうですね。詳細な分析が必要です。これは、おそらく、大気圏外からの降下物質でしょう。お隣の惑星ランサスは、まさしく鉱工業中心の、機械化惑星と揶揄されている活動的な処ですから、そこからの降下塵物質ということは十分考えられます。

海賊が狙うなら、そちら、ランサスの富でしょう。われらが王国には、海賊が欲しがるような物は、あまりない。われらが持っているのは——

愛と信頼できる家族、おいしい手料理に暖かい家、といったものでしょうか。どれも、盗んで使えるようなものではありません。

あなたは、ラジェンドラ、ほんとうに、機械とは思えない。

当然です。わたしの対人知性体は、機械ではありません。あなたの脳が機械ではない、という、同じ意味合いにおいて、ですが。

それは逆に言えば、わたしも機械だ、ということですね。シューフェンバルドゥは高性能な兵器だ、とあなたが言ったのが、わかった気がします。

あなたは賢いです、サフラン。

シュラークも、あなたに言わせれば、機械なんでしょうか。

わかりません。察知した経験がないので。

あら、この音は?

分析終了の合図です。結果が出ました。この危険物質は、情報パラサイトワームです。情報収集用の人工寄生体です、サフラン。これは情報機器にとっての、いわば天敵です。

やはり、ランサスからですね。

いいえ。匋冥の海賊船、カーリー・ドゥルガーから放たれたものでしょう。大気検査ユニットを切り離し、焼却処分を実行します。直《ただ》ちに。

そんなに危ないのですか。

コンピュータ情報内にソフトウェアとして送り込まれるコンピュータウィルスやワームと同じような働きをするのですが、このパラサイトワームは、情報寄生細菌株という、物理的な実体があります。これは情報機器に吸い寄せられる性質が与えられており、条件が整うと爆発的に成長してゼリー状の成虫体になります。光電線を流れる信号やコンピュータ素子の情報を読み出し、発信する能力を持っています。対処するには、すべてを物理的に駆除、除染する必要があります。寿命は成虫体になってから三十時間ほどと短いのですが、情報を盗んだり、偽情報を送り込んだり、コンピュータを誤動作させるといったことに使うには、十分以上の時間です。

海賊匋冥がやってきた、ということなのですね。

はい、サフラン・メートフ。まず、間違いありません。シャルファフィン・シャルの心配が現実になった、ということです。

——サグラフィス藩都近辺の上空にて、ラジェンドラとサフランの会話より

フィラール王国首都フィランドスは、遠かった。護送責任者が、一行のラジェンドラへの乗船を頑強に拒否したからだ。

それで海賊課ラテルチームはなにをやったかといえば、故障した護送車のみをラジェンドラが吸い上げてサグラフィス地方警察の中央署まで持ち帰り、代替車を現地に運ぶこと、だった。ラテルとアプロは地上でその帰りを待つ。

なんて効率の悪いやり方だとラテルは呆れるが、もちろん、口にも表情にも出さなかった。原因を作ったのは自分たちだったし、時間を稼ぐことができるのは思惑どおりだったから。それに、サグラフィス地方警察の本部は、いちおう、海賊課のこの支援に感謝の意を表したので、ラテルの心は微かに痛み、役所仕事の効率の悪さに呆れたり馬鹿にしたりといった気分を薄れさせた。

本部の判断は、故障した護送車を修理するために民間のロードサービスを頼むわけにはいかない、なにしろ乗せているのが凶悪犯罪者なので、民間人を近づけたくない、ということだった。現場での修理はせず、故障車を持ち帰るキャリアカーと代替車を出すことにしたのだが、それらの準備をして向かわせるより早く、ラジェンドラが故障車をひとっ飛びで中央署まで送り届けたことから、では、代替車も運んでもらおう、ということになったのだ。

現場の状況確認と、本部への現状報告は、地方警察の砂漠パトロール隊が現場に急行(ラジェンドラが本部にこの立ち往生の件を伝えたのだ)して、すでに済んでいる。ラジェンドラが故障車を吸い上げて上昇するのと同時に、パトロール隊の警察車も現場を離れた。

ラジェンドラがひとっ飛びで帰ってこなくても（時間稼ぎにのんびりと空中を風まかせにただようようなことをしても）、だれにもわからない（疑念を抱かれない）環境が、それで整った。

ラテルは、砂漠の岩に腰を下ろして、護送責任者の警官と世間話をしながら情報を収集した。

広がる景色といえば、荒涼とした岩と石の砂漠で、火星のように赭くはなくて、薄い黄緑がかった色をしている。草か苔《こけ》が生えているかのように見えるが、岩や土の色なのだった。そこに一本の幹線道路がうねうねと走っている。うねうねとしているのは地面がそのように起伏しているからであって、道そのものは真っ直ぐなのだった。護送車がやってきた方向、サグラフィス藩主国の藩都方面は、平均的に緩い上り勾配《こうばい》になっていて、行き着く先は山岳地帯だ。高い山の峰峰が青い壁のように見えている。藩都の街はその手前の、広大な扇状地帯にある。その郊外、周辺は酪農地だ。ここから一五〇キロほど離れている。

時間は正午すぎで日は高かったが、暑くはなかった。惑星フィラールは地球によく似た惑星で、地軸の傾きにより四季がある。いまこちら半球は冬なのだ。しかも比較的緯度が高い。肌寒いくらいだった。

アプロはラテルの背中に貼りついて、日の熱線を自分の黒い毛並で吸収して暖を取っている。ラテルのほうも、アプロの体温でぽかぽかだった。猫暖房だ。アプロはほんとうはハコ座りして手足も懐に入れたいのだが、ラテルに、強制的に、寒さよけ暖房入り生きた猫革オーバーコートにさせられている。地面は冷たいぞ、と言われて。アプロはラテルの膝の上で丸まろうと思ったのだが、そこは日陰になって寒い。

「寒いですね」とラテルは警官に呼びかける。「風がないのは助かるけど」

「海賊課の刑事は寒がりのようだな」と警官は少し打ち解けた口調で答える（会話はラテルの腕にはめられたインターセプターを介して同時通訳されている）。「冬ごもりをしていればいいものを、こんなところまで出張ってくるとは、ご苦労なことだ」

護送される未決囚たちは、手錠に加え両足を繋ぐ鎖をつけられたまま地面に腰を下ろし、代替車が届くのを待っている。その背後で二人の警備係の警官が、ショットガンを手に立ったまま監視している。未決囚たちはときどき低い声で話をしていたが、雑談ではなく、互いに励まし合っているのだろう、大丈夫だ、とか。心配ない、とか。警備係は、とくにそれを制止していない。

「海賊たちが冬眠してくれればありがたいんですけどね」とラテル。「やつらは、こちらの都合などおかまいなしだ。しかも凶悪ときている。その遅れをとれば、世間から批難されるのは、まずおれたち海賊課のほうで、やつらではない。やり方が巧妙なので、海賊事件だとは世間は思わないいんだな。大事になる前に叩くと、こちらが絶対、悪く言われるんだ」

「事件は未然に阻止したいが」とその護送責任者は言う。「やりすぎれば批難されるし、いろいろ難しい。きみの気持ちはわかるよ。ラテル刑事といったな。わたしは、ソフュース警部だ。海賊呼ばわりしてすまなかった」

「いいえ、気にしていません。よろしく、警部」

握手。アプロも、ラテルの肩越しに手を伸ばして。

「なにか温かいものでも飲むか？」と警部は、護送車から降ろした小さなコンテナを目で指した。「温かいスープに、軽食もある」

「いえ、お心だけで、ありがとう」とラテルは断る。アプロの爪が肩に食い込んだのを意識する。「食糧は大事にしてください」と、心をこめて、言う。

「遠慮深いんだな」と警部。「しかしなぜ護送警備を海賊課が申し出るんだ。匋冥教というのは、海賊と関係しているのか」

「それを、確かめたくて。海賊匋冥は、一般には知られていませんが、海賊の大ボスのような存在なんです。その名がついた教団となれば、関係を疑わないわけにはいかないですよ」

「海賊課はランサスにもあるだろう。情報は入ってきてないのか」

「ぜんぜん。そちらには？」

「フィラールには海賊課のオフィスはないからな、われわれは海賊の動向についてはよく知らないんだ」

「ランサスはともかく、フィラールは治安の良さで知られていますからね。フィラール王国に海賊課基地がないのは、その必要がないからだ。女王の威光と、みなさん警察関係者の努力のたまものです」

「それと、シュラークのおかげだ」

「そうですね。海賊を意識せずに暮らせるのは、うらやましいですよ」

「匋冥教は、この平安を乱す組織かもしれない、というのか」

「そのとおりです、スフート警部」ラテルのなまりは、通訳では〈ソフュース警部〉と正しく発音されている（もちろん、ラジェンドラのおかげだ）。「彼らは、宗教警察に引き渡されると、どうなるんです」

「詳しいことは知らん」そう言って、警部はいったん深呼吸をした。「泣く子も黙る宗教警察だが、実体はよくわからない。たぶん、それが狙いだろう」

「狙いって、抑止力ですか。残酷な拷問を受けて改宗を迫られるとか、なぶり殺しにされるとか、世間に思わせておく、という」

「そういったことも含めて、だ。宗教警察の組織や活動内容は公にされていないんだ」

「でも、宗教裁判は、あるんでしょう」

「もちろんだ。裁判沙汰は日常茶飯事だ。しかし、凶悪な宗教犯罪の裁判や異端審問などというのは、わたしが知るかぎり、現在は、ない。宗教裁判というのは、基本、民事裁判だよ。宗派の異なる者同士の結婚とか離婚調停とか、教義の解釈の相違による喧嘩沙汰とか商取引の不満とかの調停、といったものだ」

「そうなのか」

「こいつらのように」と警部は、未決囚たちを見やって言う。「集団で強盗殺人をおかし、それを自分たちが信仰する宗教のせいだと主張する犯罪者など、わたしは、初めてだ。もしかしたら、いまの宗教警察の連中にとっても、初めてかもしれない」

「どう対処するのだろう」

「だから、それは、わからない。ああいう確信犯は、本来、芽のうちに宗教警察の捜査によって発見され、抜き取られているはず、なのかもしれない」

「密かに殺害されている、というわけか」

「秘密裏に連行され、強制改宗というか、正常に戻すための処置を施されるのだろう、そう思いたいね。邪宗に洗脳された頭を再洗浄する、というわけだ。改宗を迫って拷問するよりも効率的だろう。近代的でもある」

「矯正するより、改宗を迫りながらなぶり殺しにするほうが、コストはかからない。捕まえるより、暗殺するほうが、より安全確実ではある」

「それが、海賊課の考え方、か」

「個人的見解です。頭をいじって矯正するというやり方は、殺すよりもコストがかかるだろう、と言ってるまでです。でもそれは、殺すことよりも残酷だ。魂の自由を奪われるよりは、なぶり殺しにされるほうがましだ。おれは、そう思う」とラテル。「おそらく、捕まった彼らも、そうなんだろう」

「こいつらは、まさにそう言ったよ」

「拷問を受けたら、さっさと改宗することを誓って、心の奥底では自分の神を信じていればいい。おれなら、そうする。痛い目に遭うのはいやだものな。でも頭をいじられたら、お終《しま》いだ。自分でなくなってしまう。殺されるより、残酷だ」

「フム」と警部。

「やり逃げってことも」とアプロが、ラテルの背から顔を出して、言った。「あるかも」

「どういうことだよ」とラテル。

「あの連中は、これから行く先ではいじめられないし、それどころかいい物を食わしてもらえるってことが、わかってるのかもしれない」

「……なんだと？」とソフューース警部がアプロをにらむ。「どういうことだ」

「なるほど」とラテル。「宗教警察の中がどうなってるか、連中は、その秘密を知ったのかもしれない。そちらに着いたら、匋冥教などもう信じないし、布教なども絶対にしないから、それを条件に解放してくれ、という取り引きができる相手だと知っているのかもしれない。そのような取り引きに応じる、賄賂《わいろ》が効く相手を見つけた、とか」

「それは、ない」とソフュース警部が言下に否定する。「宗教警察はそんなに甘くはない。少なくとも、組織の上位にいる者は、命懸けでその地位にいるのだからな」

「いつも暗殺される危険がある？」

「いや、いつもシュラークに監視されている。地位につくとき、シューフェランによる資格確認が行われるんだ。それは公開で行われる」

「……シューフェンバルドゥに刺される、ということか」

「刺されたら死んでしまうだろう」とソフュース警部。「シューフェランの持つ聖剣を肩に置かれて、職責を全《まっと》うすることを誓うんだ。部下の不正を見逃さないというのも仕事のうちだろう」

「不適格だと判定されて、シューフェランにその場で首をはねられる者もいるわけ？」

「現シューフェランになってからはまだいないが、十年前に一人、成敗されている」

「すごいな」とラテル。「そうまでして、権力者になりたいわけか」

「女王の任命だからな。拒めば死刑だ。結果としては同じだ。だから女王周辺の人間は、普段から邪心を抱かないように気をつけていると思うね」

「なるほど。宮仕えは命懸けなわけだ」

「しかし」とソフューース警部がラテルに親しそうに言う。「よく知っているな」

「なにを？」

「シューフェランの役割や、シューフェンバルドゥに試される、という宣誓儀式のことだ。聖剣の威力を知っている異星人はめずらしい。シューフェランはいつも聖剣を帯びているとされるが、普段それは、われわれには見えないんだ。きみは、異星人のくせに、聖剣の存在を信じて疑っていないようにみえる」

「それは、もう」とラテルは、サフランに突きつけられた聖剣を思い出しつつ、うなずく。「わが事のように、わかりますよ。ここに来るまえ、勉学に励んだので」

「見かけによらず努力家で、しかも柔軟な考え方の持ち主なんだな。感心した」

どう反応していいやら、自分では（ラジェンドラに言わせれば、無駄な）努力家で、かつ柔軟な（ラジェンドラに言わせれば、いいかげんな）ものの考え方の持ち主だと思っているラテルは、困る。

シューフェランがいま、ラジェンドラに乗っている、同行していることも言うわけにはいかない。

「どうも」とラテルは言う。「勉学が（ラジェンドラに言わせれば、体験が、以下略）役に立つっていうのは、嬉しいものです。あなたは、太陽圏の火星に旅行したことは、警部？」

「まさか」とソフュース警部は意外な質問を受けたという表情で、言う。「わたしの知り合いで、フィラールから外に出た者はいないよ。サグラフィス藩主国の外に旅行するのも、一生に数えるほどというのが、普通だ。聖地、王家の森に詣《もう》でるのが、まあ、最大の望みだ。行き帰りの旅路での無礼講が楽しみ、というのが正直なところだが」

「そうなんですか」

「きみは海賊課であちこち飛び回れて、いい身分だな」

「それは誤解ですよ。われわれのチームが担当する海賊戦は、だいたい対艦戦闘だし。まあ、相手の海賊船というのは、戦闘艦と言うにはほど遠い、ボートみたいな小舟がほとんどなんですけどね。ラジェンドラにとっては、ハエタタキ同然ですよ。蠅を、叩く。そんな仕事ばっかり。地上での捜査は、おれたちのチームとは違う刑事が担当することが多いし。今回みたいなのは、特別です。ラジェンドラの中ですごす時間がほとんどなので、旅行気分なんて皆無ですよ」

「そういうものか」

「警部は、今回、首都のフィランドスまで行かれるわけですね。彼らを引き渡したら、首都見物でもされるんですか」

「いや、それはできない」

「そのくらい許してくれてもよさそうなのに、サグラフィス地方警察って、融通がきかないんだな」

「そうじゃない。われわれはフィランドスには行かない」

「はい？」

「サグラフィス藩主国の国境《くにざかい》まで行くだけだ。そこまで宗教警察が出迎える予定になっている。そこでこいつらを引き渡す」

「じゃあ、さきほどきた砂漠パトロール隊のパトカーに分譲して、ピストン輸送すればよかったじゃないですか」

「なにを言っているんだ。国境まで千五百キロ以上ある。二泊三日で行く。きょうはシュドスの町の保安官事務所まで行くことになっている。宗教警察本部のある首都まで四千キロはあるからな。国境からは、空路だろう」

なんてことだとラテルは、そっとため息をつく。ラジェンドラに乗っていると、四千キロの隔たりなど、ほぼゼロ、無に等しくて、距離を意識することなどまったくないというのに。地上では大問題なのだ。

「最初から迎えにきてもらうということは考えないんですか」これはラテルの個人的な質問だ、任務とは関係ない。宗教警察にさっさとつれていかれては、未決囚らと話す機会がなくなる。「宗教警察は専用空中機を持っているわけでしょう。国境までしかこないって、ケチだな」

「われわれの領地で起きた事件だ。本来、こいつらを引き渡したくはない。これは、われわれの意地だよ、ラテル刑事」

「宗教警察を領地に入れたくない、妥協案というわけか」

「そうだ」

「あなたたちは護送用の空中機をもっていないのだろう、というのはわかるけど、民間機をチャーターするとかして、空路を一気に飛んだほうがらくだし、安全だと思うけどな。仲間たちが彼らを奪還しにくるとは思わないのか？」

すると、ソフューース警部は黙った。そこまでは考えていなかったという表情だった。と、ラテルは感じたのだが、実はそうではなかった。困った、という表情には違いなかったのだが。

「まさか、あなたたちは」とラテルは言う。「彼らを囮にして、仲間たちをおびき出し、組織の全容解明を狙っているのか？」

それは、ラテルチームの考えと同じだ。もしそうなら、積極的に協力、共同捜査することができるわけだ。

「それは……」と警部は口ごもった。そして、意を決して、言った。「おそらく本部は、そう考えていると思う。どこか、見えないところに監視チームを配置しているのだろう」

「やはり、そうなのか」とラテルはうなずいた。「だから、おれたち海賊課が近づくのを、迷惑がったんだな。ラジェンドラのあの威容を見れば、だれだってびびるよな。襲撃する気も失せるだろう。そうだ、襲撃というなら、大量殺人なわけだし藩主を殺害したんだから、被害者たちの親族とか藩主の政治一派とかが、復讐のリンチを目的に、この道すがら、どこかで待ち伏せしているかもしれない」

「なにを言っているんだ、ラテル刑事。ここをどこだと思っている。無法な土地だと勘違いしているようだが、サグラフィスは法治国家だぞ」

「でも、監視チームは配置されているわけでしょう」

「いや、本部はたぶんそういう措置をとっているだろう、という、これはわたしの想像だ。被害者遺族の襲撃はともかく、こいつらを奪還しに仲間がくるかもしれない、ということは、だれでも、容易に想像できるからな」

「二泊三日の陸路を行くという、のんびりとした方法を採るというのは、たとえばリンチをやりやすくさせ、それを黙認するというのでないのなら、彼らの仲間を誘い出すという理由以外にないだろう。だとすればあなたたちのやり方は、われわれ海賊課と同じじゃないか」

「本部の思惑は、知らんよ。そう言っているだろう。きみたちは、こいつらの仲間を誘い出したいと思っているのか——」

「あなたは上層部の考えを知らないって、では本当に襲撃されたらどうするんです、危ないでしょう。本部の思惑を知らないというのは、あなたたち、現場の人間は軽く扱われているってことじゃないですか」

「いや、陸路を行かせてくれと本部に頼んだのは、われわれ捜査現場の人間なんだよ、ラテル刑事。簡単にOKが出たので、めずらしく本部にしては理解があると思ったんだが、どこかに監視班がいると思えば、なるほどと納得がいく、そういうことだ。隠密作戦にしておくほうが成功する確率が高い、それで知らされなかったのだろう――」

「警部の、あなたの、思惑というのは、なんなんですか。のんびり行くと、どんな、いいことがあるんです。旅を楽しめるとでも？」

「楽しい仕事ではない。馬鹿にしないでくれ」

「すみません。でも、わからないな。秘密なんですか。彼らに聞かれたらまずい？」

「いや」とソフュース警部は、捕らえた匍冥教信徒らを見ながら、声は落とさずに、答えた。「われわれ現場の人間は、この者たちに、考え直してほしいんだ。確信犯だという主張を撤回し、わがサグラフィスの法による刑に服してもらいたい。この場から脱走するならそれでいい。奪還しに仲間がくるなら、いっしょに逃げるがいいさ。その罪によって、また捕まえるだけのことだ。そのときは、宗教警察に渡すまでもない。犯行事実も、動機も、宗教がらみではないことは、はっきりしているわけだから、普通の刑務所にぶち込んでやる」

「ものすごく、迂遠《うえん》というか、まわりくどいけど、ようするに、あなたたち、凶悪犯罪を扱う警官の、面子《めんつ》を保つため、ということじゃないですか」

「それは否定しない。しかし、考え直してもらいたいというのは、嘘ではない。宗教警察はなにをするかわからない。きみも言ったろう、頭の再洗脳は殺すより残酷だ、と。二泊三日という時間をとったのは、頭を冷やしてもらいたいからだ。海賊の神を信じているのなら、それでいいだろう。ラテル刑事が言ったように、口には出さずに心の奥底で信じていればいい。それを、宗教確信犯だと言い張り、なにも本気で、シュラークとその海賊神をかち合わせ、戦わせることはない。そんなことをしてなんになる」

「シュラークによって立っている王家を倒せる」とラテル。「倒せなくても、揺さぶることは十分可能だ。それが、最大の効果だろう」

「それは結果にすぎない、それは目的ではない、とこいつらは言っている。それが本当なら、考え直すこともできるだろう。わたしはそう思っている」

ラテルは、地面に腰を下ろしている匈冥教徒たちを見やりながら、「甘いですよ」と言う。「二、三日で考え直すことができるなら、最初からやってない。考え直す余地などないとおれは思う。おまえたち、いまのは聞こえていただろう。どうなんだ。——ソフュース警部、この者たちの代表格はだれです」

「おれだ」と、八名が背中を見せて二列になって並んでいる、後列右端の一人が、地面に腰を下ろしたまま振り向いて、言った。「黙って聞いていれば、わかったようなことを言うじゃないか、海賊課」

「宗教警察に行けば、いずれ死刑だろう。ここで海賊だと認めるなら、みんなまとめて、この場で、おれが始末してやる。面倒なくていい。どうなんだ。おまえたち、海賊なのか」

「ラテル刑事、なにを言うか」

「尋問させてください、警部」とラテル。「海賊でないことがわかれば、われわれは引き上げる」

「こいつらは」とソフュース警部は立って、言った。「海賊なんかじゃない。山賊だ」

「旅族と言ってほしいね」と男は振り向いたままで言う。「旅をする一族だ」

「ラテル刑事、この連中は、集まって事を起こすまでは、出身もなにも、ばらばらだよ。たまたま、この男が、旅族出身というだけのことだ」

「旅族とは？」とラテル。

「家を持たない流浪の民、と蔑まれている」と男は言う。「おれは、太陽圏人とフィラール人とのハイブリッドだ。もとよりシュラークなど信じていない」

「名前は」とラテル。

「ロブチ。ノワール・ロブチ」

「旅族出身は、おまえだけか」

「みんな、似たようなものだ。どの土地に行こうと受け入れられない」

「行き場のない社会的な弱者が集まって、反シュラークの神を創出し、この世の転覆を謀った、と、こう解釈していいか」

「匈冥神が、導いてくれたのだ。匈冥神を見た同士が、集まった」

一同、うなずく。

この言葉を信じるならば、夢の中で、ということだろうとラテルは思う。シャルの話からして、この連中も、夢という、非覚醒意識にて匈冥神を察知したのだろう。みな、その意識レベルで繋がっているのだと考えられる。でなければ、人工的なネットワーク接続デバイスを頭の中に入れていて、それで情報を共有しているのだ。

いずれにせよ、人工的な情報ネットワークであれ天然の精神レベルにおける意識共有感覚であれ、そうした情報網内に匈冥神というものが存在しているというのは、間違いなさそうだ。

「だれが創った神だ」とラテル。「匈冥の名をどこで知った。おまえは太陽圏出身の親から、海賊匈冥の名を聞いていても不思議ではないな。おまえが開祖なのか？」

「匈冥は神だ。匈冥を名のる海賊がいるとしたら」とロブチという男は言った。「それは、偽物だろう。神の名を騙る不届き者だ」

「……なんだって？」ラテルは耳を疑う。「本気で言っているのか？」

「あたりまえだ。海賊課は、不届きな海賊を追っていればいい。いいや、そんな不埒《ふらち》な罰《ばち》当《あ》たりは、海賊ですらない。ただの詐欺師だろう。おまえ、本当に、海賊課なのか？　さっき言ってたな、ハエタタキだ、と。海賊課は、蠅を叩くのが仕事だそうだ」

一同、失笑。ロブチを笑ったのではない、ラテルを嘲笑したのだ。

「神の名を騙る罰当たりな蠅を叩きに、さっさと戻りやがれ。失せろ。ここは、おまえら、クズどもがくるようなところではない」

帰れ、と罵声を浴びせられるのはいつものことだったが、ラテルにとっては、実に、初めて感じる、複雑な気分だった。

この男が言っていることが真実ならば、匋冥教と匋冥はまったく関係がない、というのはいいとして、いまの言葉を匋冥が聞いたら、どう反応するだろうと、とラテルは思う、失笑を漏らすだろうか。伝説の海賊から神になったかと思いきや、一気に、偽物呼ばわりだ。これは、笑えるのか、怒るべきことなのか、どっちだろう。だいたい、こいつの言っていることは、本当なのだろうか。この場から海賊課を去らせるための、口車かもしれない。匋冥の差し金であることは考えられる。

ラテルは沈黙する。アプロが背中を離れて、うんと伸びをした。

道路の、護送車がきた方向とこれから向かう方、双方から、乗り物が接近してくる。その音をアプロは聞きつけたのだろうとラテルは思い、腰のレイガンに手をおく。ほとんど無意識の行為だ。ソフュース警部も気づいて、ショットガンを持つ二人の部下に注意を促す。警官たちは道路際に出て、止まらずに行くようにと、ショットガンの銃口を下げて、接近する乗り物へ合図を送る。双方の自動車が、集団の目の前で行き違った。トラックと、長距離旅客バスのようだ。どちらも古い。バスは藩都のほうへ、トラックはこれから行く方向へ、速度を緩めることなく、走り去った。運転手や乗客にラテルは素早く目を走らせて表情を確認した。こちらに好奇の視線を向けているのがわかったが、それだけだ。トラックもバスも、何事もなく、行きすぎる。二台がここですれ違ったのは偶然だろう。

未決囚のほうも不自然な動きは見せなかった。動いたのはアプロだ。ささっとコンテナのほうに近づく。ラテルは気づいた。アプロは、空腹を覚えて動いただけなのだ。コンテナの軽食を狙っている。

「アプロ、だめ。撃つぞ」

コンテナに乗ったアプロに向けてラテルは威嚇射撃——するよりはやく、コンテナ付近の砂漠の地面が、ぱっと光る、直後に、爆風。アプロはコンテナの上から、両手両足を広げた大の字の格好で、吹き飛ばされる。行き先は、ラテルの顔だ。

〈精密レーザスポット、照射完了〉とラジェンドラが、ラテルの手首に付けられたブレスレット、アプロのは金色の首輪型の、海賊課のインターセプターを通じて言う。このラジ

エンドラの声は、インターセプターを身につけている者にしか聞こえない。〈猫よけ、成功しました〉

それから、代替の護送車が落ちてきた。地響きを立てて接地、砂ぼこりが立つ。先ほど光った地点だ。

「なんだ、なにが起きた」と護送責任者のソフュース警部は叫ぶ。「ラテル刑事」

「ごらんのように、ラジェンドラが戻ってきました」

「さきほどのレーザ爆撃はなんだ」

「護送車を下ろすところにアプロが入り込もうとしたので」軽食を盗み食いしようとしたのを追っ払った、とは言えない。「注意喚起をうながす、警告です」

「……海賊課というのは、まったく、荒っぽいことをするんだな」

天を見上げて、警部は言う。黒い岩山が無音で下りてくる。

「すみません」

ラジェンドラが降下してきた。日が遮られて周囲が暗くなった。

「さぶいぞ」とアプロが怒った声で言った。「こんなところにいられるかって。ラジェンドラ、艦内に転送してくれ。考えたら、まだ昼食とってない」

〈了解。ほとんど非常事態ですね。アプロになにか食べさせないと、危ない。転送はコストがかかりますが、仕方がない。ラテルは、どうしますか〉

アプロが一陣の風を残して消える。ラテル以外は頭上のラジェンドラを見上げていたので気がつかない。

「おれは——」ラテルはソフューース警部に顔を向けて訊く。「警部、同行させてもらえますか。お願いします。おれは、この連中にとても興味がわいたんで、彼らに最後までついていくことに決めました」

「最後まで？　宗教警察にも行くというのか、ラテル刑事」

「はい。ロブチたちが気を変えなければ、ですが。宗教警察より海賊課に捕まるほうがましだ、とかね」

「だれが」とロブチは鼻で笑う。「おまえらなんぞに」

「ラテル刑事、きみはまだ、この者たちを海賊だと疑っているのか」とソフューース警部が、どうしてわざわざ苦労をするのかと、ラテルに訊いた。「宗教警察に渡せば、こいつらがどのみち娑婆には出てこれないのは、間違いない。死ぬまで、だ。きみは、この者たちが海賊ならば、どうしてもその手で撃ち殺さなくては承知できないというのか？」

「いいえ」とラテル。「そんなことは思ってません」

「では、なんだ」と言いながら、ノワール・ロブチが、不敵な笑みを浮かべたまま、立ち上がった。「海賊課、おまえ、おれたちの、なにが知りたいんだ？」

ソフューース警部が腰の拳銃に手をやる。

「おまえたちと、奇跡を共有したい」

「われわれは」とラテルは言う。「おまえたちと、奇跡を共有したい」

「なんだと？」とロブチ。

「どういうことだ」と警部。「ラテル刑事」

「海賊神をこの目で確かめたいと言っているんだ。おまえたちといっしょにだ。その出現を、宗教警察内で、体験したい。おまえたちが考え直しもせず、極刑も恐れずにそこに向かっているのは、そこでの出現を予言されているからだ。匈冥神の降臨、だ」

　ロブチらは無言でラテルを見つめる。ロブチの笑みは消えている。

「ラテル刑事」とソフュース警部。「どうして、そんなことがわかるんだ」

「取り調べで、こいつらは、繰り返し、そう言っているじゃないですか。匈冥神が助けにきてくれると。文字どおりそうなのだろう、そう考えれば、納得がいく」

「それで」と警部は戸惑いをあらわに、言う。「きみは、もし、本当に、出現したら、どうする」

「助けにくるのは」とラテル。「神秘的な幻想神などではなく、実体を持った海賊かもしれない。それなら、叩くまでのことだ」

「本物だったら？」と警部。

「本物って――」

　ラテルは笑おうとするが、警部の真剣な表情に圧《お》されて、真面目に考え、答えた。

「シュラークに戦ってもらう。シューフェランの出番だろう。シューフェンバルドゥで退治してもらうさ。聖剣本来の仕事に違いない」

ソフュース警部は無言でうなずき、ラテルの同行を許可した。

10

お帰りなさいませ、シカゴさま。

ここはフィランドスでいちばん高級なホテルということで、間違いないんだろうな。

フィランドスのみならず、フィラール王国においてもっとも格式の高いホテルとして、みなさまにご支持いただいているものと自負いたしております、シカゴさま。

ウム。その言い方だけでわかる気がする。

ありがとう存じます、シカゴさま。

きょうから二泊三日の予約を入れているが、長引くかもしれん。

承知いたしております。どのようなご予定の変更にも、いつでも対処いたしますので、なんなりとお申し付けくださいませ、シカゴさま。

よしよし、いいホテルだ。ロビーの豪華さ、装飾も素晴らしい。気に入った。

お褒めにあずかり恐悦に存じます。こちらにご署名を、シカゴさま。

割引クーポンが使えないのが残念だが。

申し訳ございませんが、シカゴさま、デポジットを頂きたく、お願い申し上げます。

このベスタ・シカゴさまから、デポジットを取るだと？　割引クーポン云云は、冗談だ。

御無礼いたしました、シカゴさま。わたくしどもの冗談にご不快の念を抱かれましたこと、お詫び申し上げます。

冗談だと？

はい。お代は前払いにて二十一日分頂いてございます。

いつ？　記憶にないな。

さようでございますか、よきご友人をお持ちのようで、お慶《よろこ》び申し上げます、シカゴさま。——シカゴさま？　お顔の色が優れないようですが。ドクターをお呼びしましょう。

いい、大丈夫だ。かまわないでくれ。部屋に案内してくれないか。

かしこまりました。最上階、ペントハウス・スイートをご用意させていただいております、シカゴさま。

おお、ヨームさま、分不相応なホテルを選んでしまいました、お許しを。

シカゴさま？

わたしを尋ねてくる客人がいたら、ラフな格好をしていたとしても、丁重に対応してくれ。くれぐれも無礼のないようにな。

それはもう、承知いたしております、シカゴさま。

こちらの命がかかってるんだ、頼む。

かしこまりました。おまかせください、シカゴさま。ではお部屋まで案内させます。

——フィランドス・シャールセルンホテル・チェックイン記録より

すごいホテルだ、と若者は、広いバルコニーから室内を振り返って、言った。

「ロビーにだって、気軽に入れる雰囲気じゃないですよ。だれでも泊まれるっていうホテルじゃない。すごいですね」

「しかも、ペントハウスだ」と、若者のつれのフィラール人が言う。「最上級の部屋だ。稼いでいるな、シカゴ」

「ご冗談を、ジュビリーさま」

「冗談、か」とジュビリーはソファに深く腰を掛けたまま、立っているシカゴに言う。

「それはこちらの台詞だ、シカゴ。こんな豪奢な部屋をとって、どういうつもりだ。海賊のパーティでもやるつもりか。フィラール進出祝いの気分でいるんじゃないだろうな」

「いいえ、めっそうもない——」

「慣れない真似をしていると、寿命を縮めるぞ。バルコニーに出て、少し頭を冷やしたらどうだ」

「遠慮します。高いところは苦手でして」

「いい眺めですよ」と若者。「初めてです、こんな高いところからフィランドスの街を見るなんて」

「高いって」とシカゴはバルコニーを見やって言う。「たかだか三十階でしかないのに。どこの田舎者だ」

「フィラールの田舎者だ。おれも、だ。シカゴ」

「いえ、そういう意味ではありません、ジュビリーさま、普通、田舎には高い建物はないということからの、連想でして、決して馬鹿にしたわけでは――」

「遠くに広がる青い森が見えるか、シカゴ」

「はい。広大な丘陵地帯ですな」

「姉は」とポワナが声をひそめて言う。シカゴには届かないように。独り言のように。でも、だれかに聞いてもらいたいから、声に出している。「あそこで毎日暮らしているんだな。なんだか、閉じ込められてるみたいに見える。かわいそうに思えるなんて、初めてだ……」

「あれは王家の森だ」とジュビリー。

「あれが。ジュビリーさまには土地勘のある場でしょう」

「王宮も森の中にある。だがここからは見えない」

「はい。――それが、なにか？」

「ここから見下ろせないように、建物の高さが制限されている、ということだ」

「なるほど、そういうことでしたか」

「物事すべて、理由がある」

「うっかりしたことで、お気を悪くされましたらお許しを」

「うっかり、この部屋をとったとも思えん。理由はなんだ」

「それは、匋冥――いえ、ヨームさまがご用意くださったものでして、わたしが予約したのはスタンダードクラスで、このような部屋の存在はそもそも公表されておりません、一《いち》見《げん》さんおことわり、ですな、わたしもさきほどフロントで知らされて腰を抜かすところでして、まさか――」

「わかった。匋冥がとった、それだけでいい。長い言い訳はおまえ自身を惨めにする」

「は、ジュビリーさま」

「匋冥さんの部屋というわけか」と若者が感心したように言う。「こんな部屋がとれるなら、海賊なんかやらなくてもいいのに」

「ジュビリーさま」

「なんだ」

「訊いてもいいですかな、この命知らずな口を利く若者は、ヨームさまとどのような関係なのか」

「関係？」

「ヨームさまがかわいがっておられるとか、遠いご親戚だとか、といった関係です」

「ぜんぜん、関係ない。赤の他人だ。あいつがいまバルコニーを飛び越えて墜死したとしても、匈冥はなにも感じないだろう」

「おい」といきなりシカゴは口調を変えて、若者にむかってどなる。「貴様、ヨームさまをなんだと思ってる。気安い口を利くんじゃないぞ。よく生きてこられたな。こっちにきて挨拶しろ。このシカゴさまに挨拶もなしとは、どういうつもりだ。何様のつもりだ、おまえ」

「挨拶なら」と若者はバルコニーのてすりから離れて室内に戻りながら言う。「さきほど部屋に入るとき、こんにちはと言ったんですが、聞こえませんでした？」

「聞こえないな」とシカゴ。

「これは、すみません。お耳が遠かったんですね。申し訳ありませんでした、気がつかなくて」

ベスタ・シカゴは顔を赤くして、いまにも叫び出しそうな表情をしているが、興奮しすぎてか言葉が出てこない。ジュビリーは我慢しきれずに、吹き出す。

「シカゴ、おまえの気持ちは、わかる。しかし、匋冥は、こいつを相手にしても平然としていたぞ。われわれとは格が違うというのは、そういうところからも知れるというものだ」

「なんですか、それ」と若者。それから、大きな声で、「——シカゴさんですね、あらためてご挨拶を。初めまして。ぼくはポワナ・メートフです。いろいろありまして、いまは匋冥さんの案内役です」と言う。

シカゴは深呼吸を何度かして、それから、言った。

「ジュビリーさま、こんな礼儀も仁義も知らないやつを、ヨーム・ツザキさま——いいえ、もういいでしょう、わたしだけ猫を被らずとも——匋冥さまは、なぜ身近においておかれるのです」

「それは」とジュビリーは真顔で言う。「このポワナが、シューフェランの弟だからだ」

「だれです、その、シューフェランとは」

「知らないのか」

「知りません。大金持ちの一族の女当主で、この出来の悪い弟のためならいくらでも金を出すとか、ですか」

「素晴らしい」とジュビリーは言った。「おまえらしいぞ、シカゴ」

「ありがたき、お言葉」と笑顔でシカゴ。しかし、ジュビリーの苦虫をかみつぶしたような顔を見て、笑みを引っ込める。「――ジュビリーさま?」

「おまえもポワナも、まったく幸せだ、よくいままで生きてこられたものだ、まったく。おまえがさきほど言ったとおり、おまえも、だ。少しは世の中の常識というものを身につけたらどうだ、シカゴ。この場、このフィラールがどういう世界なのか、少しは予習してくるというものだろう。それが常識というものだ、ベスタ・シカゴ。ここはおまえが命を落とすかもしれない土地だというのに、よくもなにも知らずに来られたものだ。おれは感心しているのでも呆れているのでもない、おまえに腹を立てているんだ。わかったか」

「……申し訳ございません、ジュビリーさま」

「謝るな。おれはおまえの馬鹿さ加減につき合う気はない。仕事の話だけ、するとしよう」

「は、ジュビリーさま」

シューフェランとはなにか、そもそもフィラール王家の成り立ちや王国の社会構造について、ジュビリーはシカゴに講義し始める。仕事に必要な予備知識、と称して。小一時間続いたところでもし匋冥が顔を出さなければ、そのまま夜になりさらに一晩中続いたかもしれない。

「おぉ、匋冥さま」

　というシカゴの声に驚いてジュビリーはソファから飛び上がるように立つ。振り返ると匂冥だ。

「いつのまに」とジュビリー。「……カーリー・ドゥルガーに転送させたのか」

「われわれが来ていることを海賊課に察知されたようだ」と匂冥。「さすがラジェンドラだな、カーリー・ドゥルガーのパラサイトワームを即座に駆除してしまった」

「感心してどうする。こちらの動きは、読まれているか？」

「どうかな。匂冥教を護るために行動すると思っていてくれればいいのだが、海賊課のことだから、わからん。とくに相手がラテルチームとなると、われわれの目的なんかどうでもよくて、出てきたところを叩いてやると、それだけだろう」

「馬鹿につける薬はない、理屈が通用しない、ということだな。ラテルとアプロとラジェンドラ、あのトリオにはいつも手を焼かされる。どうする、匂冥」

「ラジェンドラを撃沈するチャンスではある。いまラジェンドラは大気圏内の、それもごく低空、地表を這うように航行中だ。宇宙空間に比べてエネルギーの消耗は数万倍に達するだろう。カーリー・ドゥルガーの副砲の一撃で倒せそうだ」

「すぐにやれよ」

「ラジェンドラは例の護送車を警固しているんだ。すぐ上に、覆い被さるように航行している。ほとんど動いていないに等しい、低速だ。落ちたら、護送車がつぶれる」

「どうせ匋冥教徒など、つぶすつもりなんだから、かまわないだろう。と、そうはいかないわけだ。海賊課に殺されるのでは、事故、だからな。真の匋冥の怖さを知らずに死ぬ。最初から予想はしていたが、面倒なミッションだな。ラジェンドラには浮かんでいてもらわないと困るわけか」

「だから、対艦戦闘はおあずけだ。それはこちらの主目的ではない」

「ラジェンドラを倒せるチャンスなど、めったにないのに、残念だ」

「おれはそうは思わない」

「わかっている」とジュビリー。「残念なのは、おれの気持ちだ。おまえはラジェンドラなどいつでも倒せると思っているのだろう、匋冥」

「それは違う。そうじゃない。ラジェンドラは、誘っているような気がするということだ。言ったろう、あのチームの主目的は、護送車の警固ではなく、おれを叩くことだ。カーリー・ドゥルガーに攻撃されることは承知の上で、行動しているんだ」

「つまり」とポワナが口を挟んだ。「ラジェンドラのほうは、簡単に撃沈されるとは思っていない、対艦戦に備えているに違いない、というわけですね。なるほどな」

「具体的には」とジュビリー。「どんな手段を取ってくると予想できる?」

「カーリーにもそれはわからない」と匋冥は言う。「が、あちらは本気で、こちらはラジェンドラを相手にするのは二の次なんだ。気合いの入っているほうに勝機がある。こちらとしては、勝負にならない」

「負けを認めるんですか」とポワナ。「戦わずして」

「なにを言うか」とシカゴ。「匐冥さまに向かって、なんということを――」

「不測の戦いはあえてしない、ということだ」とジュビリー。

「それって、勝てる戦いしかしない、ということじゃないですか」

「匐冥、なんとか言ってやれ」

「ただでさえ忙しいのに、さらに忙しい問題を引き受けることはない」と匐冥。「おまえは若いな。ほんとうに、子どもだ」

「答になってないです」とポワナ。

「勝てる戦いだけを引き受けて生きていられるほど、この世は甘くはない。生きるというのは不断の戦いを生き抜くことだ、そうおまえに言ってやったのを忘れたのか、ポワナ」

ポワナは匐冥をにらみ、くるりと背を向けてソファにどっかりと腰を下ろした。

「カーリー・ドゥルガーではやることがなくなって」とジュビリーは匐冥に言う。「出てきたというわけか」

「こんな骨董的価値のある部屋を使える機会など、めったにないしな」と匐冥。「ラジェンドラと火遊びするよりも、こちらのほうが楽しい」

匐冥はバルコニーに出て、真っ直ぐに王家の森へと目をやり、腕を組んだ。そして、なにか言った。

「なんだって?」とジュビリー。「匋冥、いま、なんて言った。逃げる? 退避だって?」

「……ここでEL5退避手段をとったら、あの森はどうなるかな、と言ったんだ」

「ここでって。――そうか、ラジェンドラがそうする、というのか。カーリーはそう予想したんだな」

「攻撃を察知したラジェンドラは、攻撃波を目印に、クロスカウンターのようにCDSビームを放つ」と匋冥は言う。「CDSの効果は無限速で到達するので、カーリー・ドゥルガーの攻撃波が達するまえに、ラジェンドラは攻撃を終了して退避できる。だが、このような逃げ場のない地表でカーリー・ドゥルガーの攻撃を回避できる退避手段は、ごく限られる」

「EL5か」とジュビリー。「Ωバーストを引き起こすだろうな」

「Ωバースト」とシカゴが言った。「先日火星近傍でそれらしき現象が発生したことにより、船舶の大量遭難事故がありましたが、海賊課の仕業でしたか」

「ラジェンドラにその能力があるかどうかは、確認していない」と匋冥。「だが、おそらくカーリー・ドゥルガーと同等の能力を持っているだろうと、カーリーは予想した」

「ということは、あの遭難事故は――」とシカゴは言いかけて、自分の意志で口をつぐむ。

「ここでそれをやったら」とジュビリーはシカゴをちらりと見やって、視線を匋冥に戻し、続ける。「ラジェンドラの大きさの小惑星が超高速でフィラールに激突するようなものだろう。森も街も、すべて吹き飛ぶだろう。フィラール全体が潰滅する。まき上がった塵芥《じんかい》で日が遮られ死の惑星になる」

「海賊課なら、やりかねない」と匋冥。「ラテルチームは、やるだろう。カーリー・ドゥルガーとおれを始末できるのだからな」

「やらせてみればいい」とジュビリー。「カーリー・ドゥルガーは、それでもラジェンドラに対抗できる、と言っているんだろう」

「おまえの故郷がなくなってもいいというのか、シュフィール」

「匋冥教も、消滅する」と本名を言われたジュビリーは、それを意に介さずに言った。「最初から存在しなかったかのように、綺麗に、だ。あんたの、おまえの、望むところだろう、太陽系人、匋冥・ツザッキィ」

「……やめてください」とポワナはソファから立って、言う。「それだけは」

「だいじょうぶだ」とジュビリーはバルコニーに出て、言った。ポワナも追う。「匋冥は、やらないさ」

「自分も巻き込まれて危ないから、ですね」

それには答えず、ジュビリーも王家の森を望む。

「匋冥、この部屋はシャルファフィンとの会見交渉の場としては格式が足りないとは思うが、雰囲気はいいだろう。シャルにくるよう、おれが折衝してやってもいい」

「シャルファフィアス、ですか」ポワナはさすがに驚く。「くるはずがないでしょう」

「おまえをだしにすれば、どうかな」とジュビリー。「おまえを渡す、という条件なら、一人でやってくるかもしれん」

「それはどうでしょう、ぼくは王家にとっては必要ないわけですから、そんな取り引きは成立しない――」

「おまえの存在を確認する必要がある。生死を問わず、というやつだ。シューフェランの弟は存在してはならないのだから、死体のほうがいいくらいなものだが、いずれにせよ、確実に死んでいることを確かめなくては、王家は安心できない」

「なら、姉でいいでしょう。シューフェランを呼べばいい。なぜシャルファフィアスなんです」

「それを訊くのは野暮というものだ」とジュビリー。「シカゴ、というようなわけだ。作戦の打ち合わせは商船に偽装したガルーダでやろう。宇宙港211番埠頭に停泊中だ。ポワナ、おまえもこい」

「……助かった。死体にされて渡されるのかと思った」

「シューフェランに知られてはならない」と匋冥は言った。「ポワナ、おまえを追っているシューフェランは、海賊課に通じているようだ。ここに海賊課をつれてこられては困る。ジュビリー、シャルへの連絡、呼び出しもおれがやる。匋冥教は王家にとって危険だ、と信じ込ませるには、実際におれが彼女に会って、圧力をかけるのがいちばん効果的だろう。信じ込ませて、シャルを戻す。生きたまま戻さなくてはならない。だが向こうは、そうではない。おれを殺す覚悟で来る。危ない仕事だ」

「危ない行為ほど、生きている実感が得られるというものだ」ジュビリーはポワナには謎めいた笑みを浮かべて、言った。「退屈しきった貴族同士がやる決闘とか、な」

「おれは退屈などしていないし、シャルと刺し違えてもいいなどとも思っていない」

「最初からシャルに会う気で、この部屋をとったのか？」

「いや」

「ここまで近くに来て、会わずに帰る手はないよな。会うための理由も思いついたことだし、好きにしろ、匋冥。邪魔はしない」

「おまえは海賊課の相手をしろ。匋冥教徒とおれが関係しているように動け」

「わかっている。シカゴによく伝えるから心配するな」

「シカゴ」

「は、匋冥さま」

「久しぶりに海賊らしい仕事をさせてやる。生きている実感を存分に味わうがいい」

「は、必ずや」

「おまえ」とジュビリー。「意味がわかって返事をしているのか？」

「この仕事を生きて終えることができるのならば」とベスタ・シカゴは神妙に言った。

「それだけでいい、ほかになにも望みません」

「それって、命ばかりはお助けを、ってことじゃないですか」

「なるほど」とジュビリーはポワナは無視して、シカゴに言う。「命があることを実感しているわけだ。おまえは匐冥に見込まれただけのことはある」

「ありがたき幸せ」

ベスタ・シカゴはそう言って、絹のハンカチーフを取り出し、額の汗をそっとぬぐった。シカゴは間違いなく、一級の海賊だった。ジュビリーに命じられたとおり、襲撃の仕事に向いている海賊を七名、ちゃんと揃えていた。その旨を匐冥に伝えて、ベスタ・シカゴはペントハウスの部屋を後にした。

11

わたしはシャールセルンホテルの支配人になって八年になるが、きょうほど自分の職業意識を試されるような経験をしたことはない。お客様のプライベートは死んでも護る、というのがわたしの誇りだ。しかし、こうして私的な日誌にだけは記しておきたいという誘惑に、ついに逆らうことができない。

彼女は、乗り物にも乗らず、ふらりと立ち寄ったというふうに、なにげなくロビーに現れた。胸元がV型に切れ込んだセーターとぴったりとしたパンツに短い冬用のコートを羽織っただけという軽い着こなしで、荷物はなにも持たず、装身具らしきものといえば、そう、胸元に銀色に光るそれ、小さな卵形をしたペンダントヘッドを下げたネックレス、それくらいだった。帽子を目深に被り、サングラスをつけているので顔はよくわからないのだが、パンプスの靴音も高く、姿勢よく自信に満ちた足の運びを見れば、こうした場に慣れていることがわかる。それは、ようするに、服装の軽さにもかかわらず格式あるホテルのロビーではまったく目立たず、格別だれの注意も引かなかった、ということだ。

彼女はロビーの中央で立ち止まり、周囲に目をやって、すぐにわたしに目を留めた。わたしがこの場の最高責任者であることを以前から知っていたかのように、迷うことなく、だ。サングラスに隠されていても、わたしを見つめる視線はわかった。

わたしは大理石柱わきから離れ、彼女の希望を聞くべく足を運んだ。まるで無意識のうちに彼女に吸い寄せられていたかのようだ。思い返せば、あのとき彼女は、わたしに向かって微かに顎を上げてみせたように思う。来なさい、という、あれは、命令だったのだ。

ベスタ・シカゴに招かれたのだが、部屋に案内してほしいと、低いけれど聴き取りやすいはっきりとした声で、彼女は言った。

かしこまりました、とわたしは、すぐにホテルのプライベート通路に通じる扉に案内し、それを開いて、奥へと案内した。ペントハウス・スイートへは、共用エレベータでも行けるが、専用のエレベータもあり、それは室内へ直通だ。そちらへ案内する。

このときはもう、わたしは彼女の素性に気がついていた。この美しく気品ある女性は、あの太陽圏人のベスタ・シカゴという人間に招かれるような地位の人ではない。おそらく彼女が、主役だ。シカゴというあの太陽圏人は、カムフラージュに違いない。おそらく、この後、もう一人、客人がやってくる。もちろん、身元を隠して。などなど詮索したくなるのを必死に抑えて、案内した。無表情に、いつものように、慇懃に、そのように見えてくれと願いつつ。

わがホテルは格式が高く、造りもそのようになっている。つまり、効率一辺倒の宿泊施設のような、真っ直ぐに長く走る広い廊下などというものはない。その両脇に部屋が並んでいるなどという、病院か刑務所のような造りにはなっていない、ということだ。間接照明された廊下は狭めで、身を隠せるように折れ曲がっていて、隠れ家のような安心感がある。

ペントハウス・スイート専用直通エレベータの扉までの廊下もそのようになっていて、わたしはしばらく彼女と一緒に歩く時間を得た。名誉なことだ。ましてや、声をかけられるなどというのは、これまで生きてきて考えたこともなかった。名誉だが、私的な訪問ゆえ、このことはだれにも言えないのが悔しい。どうしても書き留めておきたいわけだ。

世間話をしたわけではない。さりげなく、このペンダントがどういうものかわかるか、と彼女は言った。ネックレスチェーンを指で掬《すく》い上げるようにして、わざわざそれをわたしに見せて、だ。そう言われて見れば、彼女にはそぐわない安物のようだが、聞いて、驚いた。これは、リヴァイヴァという武器だ、という。それを握りしめると、彼女の身体に触れた者を殺す波動を発するのだという。

なぜそのようなことを言うのか、わたしにはわからなかった。このわたしに向かって、触るな、と警告したのかとその場では一瞬思ったが、わたしはといえば、はなからそんな邪心を抱くはずもなく、なにしろすでに十分、威圧されていたし、そもそも彼女からして、わたしやホテルの品格を疑うような警戒心は抱いていなかっただろう、わがホテルの歴史と伝統の重さは承知しているはずだから。

もしなにかあればフロントに連絡をするように、室内各所には緊急連絡ボタンもある旨、わたしは最上級の敬語を使って、言った。いまシカゴ氏は外出中なので部屋にはだれもいないが、シカゴ氏が戻ってきたら、そちらに連絡しましょうか、とも。

それにはおよばない、という答は予想どおりだった。あの太陽圏人はやはり、単なるダミーだ。そこで、わたしは訊いた、もしどなたかお部屋を訪ねてくる方がおられるようならば、ご案内してよろしいでしょうか、と。

すると、非常に奇妙なことを、彼女は言った。わたしが直通のエレベータの扉を開いて、こちらですと言い、彼女が乗り込んでから、だ。

『彼はもう来ている。シュラークよ、我に力を』

だれもいるはずがない、それは間違いなかった。わたしは不安になり、引き留めたいと思ったが、かろうじて、こらえた。平安がありますように、と儀礼的な挨拶をして彼女を見送る以外に、わたしにできることはなかった。

その後、だれもシカゴ氏を訪ねてはこなかった。わたしは緊張した時間を仕事をしながら過ごしたが、彼女が無事に戻ってきたのを見て、心から安堵した。共用エレベータを使って下りてきたのだろう、エレベータホールのほうからロビーへ出てきた彼女は、来たときと同じく、このホテルは自分の家か所有物であるかのような態度で出口に向かい、出る前に立ち止まって、わたしのほうに向き直り、そこで微かにうなずいた、ように思う。よろしい、というように。わたしの存在を認める、といった感じで。

それから彼女はきびすを返し、最敬礼するベルボーイには目もくれずに、さっそうと出ていった。

あの軽装だ。間違いなく、どこか近くに出迎えの乗り物と付き人が待機している。こちらでクルマの手配をする心配はしなくていいだろう。だから、あの彼女の視線は、わたしになにか頼みがあったのではなく、一瞬でも彼女の素性に言及するような真似をしなかったこのわたしへの、ねぎらいと感謝だったと、わたしは信じている。まるで、夢を見ていたかのようだ。

——ベスタ・シカゴの動向を情報検索中に発見した
シャールセルンホテル支配人の日誌より

シャルファフィン・シャルは匈冥と接触したようです、とラジェンドラはインターセプターを通じてラテルとアプロに伝える。

ラテルはアプロといっしょに護送車のキャビン後席にいたが、アクセルをほぼ全開状態でとばす乗り心地の悪い車内に閉じ込められているせいで、気持ちが悪い。しかも、アプロが大量のトリとポテトの唐揚げが入った紙箱を抱え、ずっと食べ続けているので、なおのこと、気持ちが悪い。そこにこの知らせは、決定的だった。ものすごく、気持ちが悪い。

「うー、わかった」とラテルはラジェンドラに伝え、前席のソフュース警部に、小休止を頼んだ。「車酔いです、すみません。もうだめ」

前席のベンチシートの三人の警官たちは、全員、運転している者も、ラテルを振り向いて、「止めるから待て」と声をそろえて、言った。急制動。停止。

ラテルはドアを開き、車外に出る。相変わらずの景色だ。砂漠のほうに二十歩ほど入って、深呼吸をして、冷たい空気で肺を換気すると、さいわい吐き気はおさまった。車酔いというより、これはアプロ酔いだとラテルは思う。あの脂ぎった食べ物を淡淡と食べ続ける様子に、あたったに違いない。

振り返ると、護送車からアプロが出てくる気配はなく、安心する。

代替用に用意された護送車はパネルトラック型で、トラックの荷台を人員輸送向きに改造し、パネルで覆ったものだ。ラジェンドラがモータの制御回路を破壊したやつはバス型で少しは人に優しかったのだが。

トラックに三日も揺られるのはつらかった。この二日二晩、オアシスを囲むようにできた町に夜たどり着き、保安官事務所で仮眠をとると、早朝出発してひた走ってきた。きょうは三日目、また長い退屈な道のりだ。希望は、きょう国境に着く、ということ。

自分を誉めてやりたい気分になったラテルは、本気で少し休もうと決める。また護送車に背を向けて、前屈みになって膝に手を当て、その姿勢でラジェンドラに言う。

「匈冥の所在は」

〈確認できません。シャルはお忍びで、マクミラン社のベスタ・シカゴが宿泊しているシャールセルンホテルの最上階特別室に行き、そこで匈冥と二人きりで会見した模様です。昨日のことです〉

「シャルは、食われなかった?」

「ア、アプロ、急に現れるな、びっくりした」

〈さきほどサフラン・メートフがシャルに直接コミュニケータで定時連絡を取っています。シャルは現在王宮にいます。それは確認しました〉

「しかも、アプロ、おまえ、その脂で汚れた手を、おれの上着の裾で拭くんじゃない」

「シャルから連絡ないのはおかしい」とアプロ。

〈はい、わたしもそう思います。匄冥から口止めされているか、取り引きをしたのか、あるいはシャル自身の思惑なのかはわかりませんが、われわれに伝えてこないというのは、われわれの彼女への信頼を裏切る行為です。彼女も承知しているでしょうから、情報を渡さないのではなく、渡せない理由があるに違いありません〉

「アプロ、上着がだめならって、おれのパンツで拭くな」

「恥ずかしくて言えないとか？」

〈それはないと思いますが、わかりません。彼女に直接確認してみる必要があるとわたしは判断します。シャルには、いま護送中の未決囚に同行してわれわれが宗教警察本部に乗り込むことを許可してもらわなくてはなりませんが、いまだその件の諾否《だくひ》の返答をもらえていません。その許可をうながすためにも、直接連絡は必要です〉

「アプロ、おれのハンカチを貸してやる、ほら」

「サフランには、言ったの？」

〈いいえ、アプロ、サフランに伝えるかどうかは、シャルの思惑を確認してからにしたほうがいいと判断しました〉

「あ、ラテル、このハンカチ」とアプロはラテルに言う。「いつだったかパメラがラテルに貸してくれたやつじゃないか」

「ん、なに。ほんとだ。アプロ、なんてことをするんだ、おれの大事なハンカチを汚すなんて許せん、返せ」

「ラテル刑事」

ソフュース警部が後ろから声をかけてきた。

「猫のアプロ刑事に心配されて介抱されるとは、なさけないな。そんなことで船に乗っての仕事は大丈夫なのか」

言われていることの意味が最初わからなかったラテルだが、どうやらいまのアプロとのやりとりは、自分はアプロにいたわられているように後ろからは見えていたらしいと気づく。

はいよ、とアプロが返してきたハンカチを口にあててラテルは身体を起こし、警部にちょっと手を上げて、大丈夫のサインを返す。ものすごく不本意だが、警部の誤解はそのままにしておくほうが面倒がないと思うラテルだ。

「お気遣いなく」と警部に言う。「アプロをつれて、先を急いでください。おれは少しここで休んで、ラジェンドラで追いかけますので。宗教警察とのランデブー時間に遅れるといけない」

護送車に同乗していっしょに行くからこそ、警部たちとの信頼関係が得られているのだ。ラジェンドラに乗船してついていくというのでは、同行ではなく監視行動になってしまう。だが、いまは、ラジェンドラに戻っても同情こそされ、批難はされないだろうとラテルは判断した。

「わかった」と警部は心から心配そうに、言った。「そうさせてもらう。ラテル刑事、大事にしろ」

「すみません。アプロ、まだ脂まみれのトリが残ってるぞ」

「あ、そうだった。まだ三箱あるんだ」

「……そんなに」

「じゃあな、ラテル」

アプロと警部を乗せた護送車はさっさと行ってしまう。ラテルは上を振り仰ぐ。ラジェンドラが視界を覆っている。地表から艦底まで百メートルほどしかない。艦の全長が四百メートルを超えるので、地表との間隔は割合としては狭い。

〈ラテル、乗艦しますか〉

「頼む」

〈了解。微速降下します。艦尾の非常用第四エアロックからボーディングラダーを出しますので、そこからどうぞ〉

「転送回収してくれないのか」

〈非常用エアロック内で、滅菌処置を受けてもらいます。情報パラサイトワームがまだいるかもしれません〉

「アプロは直接、転送回収して乗艦したじゃないか。どうしておれだけが、そんな面倒なことをしなくてはいけないんだ」

ラジェンドラが制動をかけながら高度を下げてくる。

〈実はアプロにワームがついていた形跡があったのですが、分解されていました。アプロの毛についた瞬間、即死です〉

「……納得。やっぱりというか、なんというか、すごいな、アプロ」

〈アプロの母星には、似たような性質を持った害虫体がいるのかもしれませんね。アプロはそれに対する免疫をもっているのでしょう〉

「カーリー・ドゥルガーが作った情報パラサイトワームに似た性質って、アプロの血ではなく、情報を吸い上げるというのか？」

〈そうです〉

「あいつのどこに、栄養になりそうな情報があるんだよ」

〈どんな情報でも栄養になる、ということでしょう。カーリー・ドゥルガーは、その虫を模倣して情報パラサイトワームを作ったということも考えられます〉

「みんな、アプロのせい、みんな、アプロが悪い。おっと、速いな――」

ゆっくりと移動しているように見えていたラジェンドラだが、降下して艦底が迫ってくると、異様に速い。考えてみれば、護送車のフルスロットルの速度と同じなわけだった。

遠くに見えている艦尾艦底の一部に、鉤状の突起が出現し、それが急速接近してくる。これで急制動をかけているのかと疑うラテルだが、考えている暇はない、それを掴むべく腕を伸ばす。キャッチ成功、そのままラテルは振り子のように放り上げられて、開いた黒い穴に放り込まれ、あとは、回転式の洗濯機に入れられた気分。

ぺっ、と吐き出される感じで、艦内空間へ出た。ふらつく足取りで、戦闘艦橋にたどりつく。

サフラン・メートフの姿を認めると、しゃきっとするラテルだ。サフランは着替えていて、髪型も、前髪を垂らし後ろは高い位置で結われたポニーテールになっていた。ものすごくかわいい、というのが倍増している感じ。

「お帰りなさい、ラテル刑事」

「刑事、は余計だと思うな。ラテル、でいい。なんなら、ダーリン、でも」

〈ラテル〉

「なんだ」

〈精神凍結、融けかけていますよ〉

「融けてないって。だいたい精神凍結は関係ない、敵は海賊だ」と、ラテルはサフランから目を離さず、言う。「で、サフラン、そのルームウェアは？　そうか、サグラフィスの街で買ったんだ」

「いいえ。これはわたしのです」

〈ダイモス基地で乗艦するとき、クルクスが彼女の荷物を届けてくれたのです。チューブ移送で〉

「そういうことか。——ラジェンドラでの居住に不便はないですか」

「不便はありません。食事もおいしいですし、とても居心地がいいです。ちょっと寂しいですが」

「ついていてあげられなくて、すみません」

〈そういうことではなく〉とラジェンドラ。〈サフラン、わたしは戦闘艦ですから、乗員室も簡素で飾り付けがないのは仕方ありません〉

「はい、ラジェンドラ。不満を言って、ごめんなさい」

〈いいんですよ、サフラン〉

「ラジェンドラ、おまえとサフラン、なんか、いやな気分」

〈わたしは優秀ですから、ラテルが嫉妬するのは当然です。わたしの優秀さのせいだ、という原因がわかれば、もやもや気分は解消されるはずです。どうですか？〉

「もう、いい。仕事に集中しろってことだろ。おまえはほんと優秀だよ、ラジェンドラ」

〈ありがとうございます（註・ここはラテルに敬意を表して、当然です、などとは言わないでおいた)〉

か？」

「ラテル刑事、護送される彼らについていって、ほんとうにポワナの居所がわかるのですか？」

「発見確率は、それがいちばん高い」とラテルはきっぱりと言う。「それは間違いない。海賊匋冥と行動を共にしていると思われますので」

〈カーリー・ドゥルガーは発見できていませんが〉とラジェンドラが言う。〈商船に偽装したガルーダを照準捕捉中です。フィラール宇宙港の埠頭に係留、停泊中です〉

「ガルーダ、ですか？」

〈はい。カーリー・ドゥルガーの艦載艦で、宇宙駆逐艦タイプの高機動戦闘艦です。わたしより小型でΩドライブの能力も劣ります。つまり、わたしほどの遠距離作戦展開能力はないということで、その母艦であるカーリー・ドゥルガーが近くにいるものと推定されます〉

「そんなことが——ガルーダというのは海賊船でしょう」

「そういうこと」とラテル。「かなり高級な部類の」

「そんな海賊船が、わが王国に、商船に偽装して簡単に入り込めるなんて。信じられない」

「日常茶飯事ですよ」とラテル。「こんなのはめずらしいことじゃない」

「どうして、捕まえないのです」

「ありがとう、サフラン。あなたは正常な感覚を持っている。世間もそう言ってくれると、われわれとしてはやりやすくて、おれはヒーローになれるんですが」

〈ガルーダへの攻撃照準は継続中。いつでも攻撃できます。発砲すれば一撃でガルーダを完全破壊することが可能です。ですがサフラン、そのときは、カーリー・ドゥルガーからの報復攻撃を覚悟しなくてはなりません。いまは、そうした対艦戦闘に持ち込むのは危険です。宇宙港に停泊中の艦船をカーリー・ドゥルガーによってすべて撃沈されかねません。つまりわれわれは、そうした艦船を人質に取られているようなものなのです。ガルーダを臨検しようとする動きを見せることも、危険を伴うのです〉

「ポワナも」とラテルは付け足す。「ガルーダにいるかもしれません。でも、向こうもこちらを監視しているでしょうから、うかつには近づけない。つまりわれわれは、ポワナも人質に取られているようなものです」

「……ポワナは自分の意思で海賊船に乗り込んだのでしょうか」

「それは、会って直接確かめればわかることですが」とラテル。「でも、匋冥教に入信したのは、彼の意思だと思いますよ。匋冥教というのは、いま護送されている捕まった連中のボスと話したり、彼らを観たりした感じでは、海賊を疑似体験できるような集団組織だと思います。つまり、言ってみれば、海賊になりたいけれど海賊にすらなれない、そうした弱者が寄り合って自然に成立した集団だ、というのが、おれの印象です」

「ポワナは弱者だというのですか」

「そうだと思います。実の姉に追われるというのが、その証《あかし》ではないですか。強ければ逃げることはない」

「邪教に入るから追われるのです。それを承知で入信したのでしょう。これはわたし、シューフェランに対する挑戦かもしれないです。ひいては、王家への。シュラークへの。弱い者には、そんなことはできない」

〈社会的な立場の強弱のことです、サフラン・メートフ。彼は、あきらかに、あなたよりも弱い立場の人間です〉

「わたしは強くなんかない」

〈それも、わたしにはわかります。あなたの立場の強さは、かならずしもあなた自身の強弱とは関係ない〉

「……わたしたち姉弟は、二人とも弱い人間というわけですね」

「強弱は、善悪とは関係ない」とラテル。

〈聖と邪、とも〉とラジェンドラ。

「ありがとう、ラテル。ラジェンドラ。感謝します」

「弱くてもいいけど」とラテルは言う。「邪悪は、許さない」

〈権力を持った強者は腐敗しがちですが、弱者もまた、環境によっては腐敗する。海賊た

ちは、そうしたなれの果て、といった境遇の者が多いのは確かです〉

「ポワナが海賊なら、おれは彼を敵と見なす」

「弟を助けると、ラテル、あなたは、わたしにポワナは討たせないと言ってくれたのに——」

「あなたには、させません、メートフさん。海賊退治は、おれたちの仕事だ」と言い、ラテルは口調を穏やかに変えて言う。「でもポワナは、たぶん海賊なんかじゃないですよ。匂冥教徒は弱いですから、海賊にもなれない。先ほど言ったでしょう、彼らはおそらく、海賊とは関係ない。でなければ、海賊に利用されている、犠牲者だ。それが、おれの印象です」

「どちらにしても」とサフランは言った。「ポワナが、かわいそうです」

〈ラテルの印象は、正しく匂冥教の本質とポワナの行動を捉えている、とわたしも感じます。ポワナは、救い出さなくてはなりません。ただ、そのわれわれの動きが、すでに十七隻の船舶の遭難事故に繫がっている、その恐れがあることを、忘れてはなりません。事故の真相はまだ明らかではありませんが、強硬なポワナ捜索行動は、さらなる被害を出しかねません。サフラン・メートフ、われわれ海賊課が慎重に行動している事実を、あなたにも理解してほしいと思います〉

「……わかりました」

「シャルに、宗教警察内へのおれとアプロの立ち入り許可を求めているけど、その返事をまだもらえていない。そちらの定時連絡でなにか聞いていませんか？」

「わたしのコミュニケータでは、盗聴されるおそれがあるとのことですので、詳しい話はなにも」

〝ラジェンドラ〟とラテルは高速言語を使う。サフランには、チッという舌打ちのようにしか聞こえなかっただろう。〝彼女はこちらからの連絡を待っているのかもしれない。おまえからシャルに連絡を入れ、確認してみてくれ〟

〈では、こちらから聞いてみます。呼び出しに少し時間がかかるかもしれません〉

「わかった」とラテルは、普通の言葉でこたえる。「シャルも忙しいだろうからな」

〈ラテル〉と、これは、ラテルのインターセプターに直接入力されるので、サフランには聞こえない。〈シャルは、われわれからの連絡を待っている、ラテルの言うとおりかもしれません。シャルと連絡がついたらサフランには聞こえないように、バックグラウンドでシャルと話し、確認してみましょう〉

「ポワナのこと、少しうかがっていいですか」

ラテルは、座席から立って出迎えてくれたサフランに、また腰掛けるようにと手振りで勧め、自分も隣りの座席に収まった。

「彼は、姉がシューフェランであることを誇りに思って生きてきたのではないんですか？

あなたは先ほど、弟はシューフェランに対する挑戦で、あえて匈冥教という邪教に入信した、というようなことを言いましたが、彼はあなたに反感を抱いていたんですか？」

「幼いころから仲良く育ちました。でも、姉弟とは知らされずに、わたしたちは育てられました」

「どういうことですか。シューフェランは親元から離れて暮らすということですか。仲良くというのだから、いっしょに育ったんですよね？」

「はい。乳幼児期は。わたしは、実の母親を乳母であると言われて育ちました。当時のシューフェランがわたしの母であると教えられ、疑いもしませんでした。わたしは、乳母のほうが好きでした。当然ですね、実母なわけですし、シューフェランは厳しかったので。ポワナは、弟としてではなくて、遊び友だちとして、仲が良かった、ということです。弟であることは、だれからも知らされませんでした」

「それはまた、どうしてです」

「シューフェランには、実の弟は存在しないのです。してはならない、という掟があるためです。シューフェランは、必ず女と男の双子の胎児から選ばれます。そして男子は、産まれると同時に、シュラークへの供物として殺されます。そのような伝統儀式があるのです。近年は、形だけ供えることになっているようですが。だからポワナは助かったわけですが、公には、シューフェランの弟だとは名のれません。わたしの実の母親も父親も、ポワナには、わたしが姉だとは決して明かさなかったと思います。ですが、成長していくうちに、聞かされなくても、わかるようになります。どんなに親が隠そうとも、シューフェランとはなにか、どう選ばれるのか、身近にいた女子がシューフェランなら、自分がその片割れかと、いやでも気がつくでしょう」

「……なんと、まあ、たいへんなことだな。そうか、だから、シャルは、伝統を守るためにもポワナが存在してはならないと、それであなたに討伐を命じたわけだ」

「匂冥教から奪還せよとの仰せです。必ずそうしてみせます」

「そうですね」

「でも、ポワナは、自分の生い立ちを知れば、それを呪ったかもしれません」

「生きているんだから、呪うことはないと思うけど、そうか、あなたに挑戦しようという気にはなるかもしれない、なるほどな」

「ポワナは幼いころから優しい男の子でした。わたしが遊びの中でいじめられたりすると、いつもかばってくれた。大きくなったら近衛隊に入って、わたしの近くに行く、と言ったこともあります。でもそれは叶うはずもなかったのです、最初から。弟は、公には存在してはならなかったので、そうした公務には絶対につけなかった。そういうことが重なるうちに、自分の宿命を呪うようになっても不思議ではありません――」

ラテルは、途中でサフランの話が耳に入らなくなる。シャルファフィンが応答してきたからだ。手首のインターセプターに、ラジェンドラが映像と音声を送り込む。直接頭の中でラテルはそれを再生、認識する。

〈シャル、どうして匋冥と会うことをわれわれに事前通告してこなかったのですか。逢瀬を楽しむため、というのでしたら、わたしには納得できますが、ラテルは許さないでしょう〉

『海賊課に伝えていれば、彼には会えなかったでしょう。海賊課にとって彼は、なにを犠牲にしてでも殺害したい相手でしょうから』

〈それは言い過ぎかと思います、シャルファフィアス。伝えていただければ、あなたを護るよう、われわれは行動したと思います。なにを犠牲にしてでも〉

『ホテル最上階をあなたの艦砲で吹き飛ばしてでも、でしょう』

〈はい、シャルファフィアス。必要とあらば〉

『それが海賊課だと、わたしは承知しています。だから事前には知らせなかった』

〈よくわかりました。では事後、すぐに連絡いただけなかったのは、なぜですか〉

『海賊課の、あなたがたの捜査力を探るためです。事前に察知されるかとも思っていましたが、けっこう時間がかかりましたね。知ったのはいつか、直接探知でなければ情報ソースはなにか、といったことは訊いても無駄でしょうから、訊きません』

〈あなたのほうから連絡がなかったのは、匋冥教の実態の捜査とポワナ捜索の、どちらの

主導権も海賊課には渡さない、という、あなたの意思表明であると承知しました〉

『そのとおりです、ラジェンドラ』

〈それでも、シャル、われわれは、あなたの配下ではありません。対等な立場での共闘をお願いしたいと思います。海賊課は、あなたの秘密は絶対護ります。われわれを信用してください。あなたと匋冥とのあいだに、なにがあったのですか〉

シャルファフィン・シャルは、ほんの少し、間を取った。これは、威厳を整えるためだ。彼女自身が自分の立場を意識するのに必要な時間。それから、口を開いた。

『彼は、ポワナを返すかわりに、わたしに海賊にならないか、と提案してきました』

やはりポワナは匋冥と行動を共にしていたのだ、とこれでわかった。

〈受けたのですか〉

『いいえ』

〈予知夢のとおり、ですね。匋冥が現れ、あなたに、海賊の花嫁になれ、と誘う〉

『そう、たしかに。彼は、匋冥教はフィラール王国を手に入れるための自分の布石だ、でも、わたしを敵に回したくない、と言いました。彼らしくもない、婉曲な言い方です。ようするに、わたしを殺したくない、ということでしょう』

〈それで、あなたは生きて帰ってこれた。そういうことですね〉

『わたしはその場で徹底抗戦を宣言しましたが、彼は、そういうわたしを帰した。こちらがどのような手段を取ろうと、彼はわたしを奪えると思っているのでしょう。でも、そうはさせません』

〈戦力は？　あなたの戦力です。王立軍は使えないでしょう〉

『なぜ使えない、などと言うのですか？　海賊を退治するのに王立軍が使えないわけがない。わたしは女王に代わってそれを指揮する権限がある』

〈本気なのですね、シャル。匂冥との関係が公に、あからさまになってもかまわない、ということですよ。開戦するとなれば、匂冥側はそのように動くでしょう。あなたの権威を失墜させるべく、あなたの秘密を暴露する〉

『覚悟はできています。海賊匂冥が、匂冥教という宗教を使って、わが王国と王国連合への侵略を開始すると宣戦布告してきた以上、交戦する以外に道はありません』

〈匂冥の罠だ、とは考えられないでしょうか〉

『罠とは、どんな？』

〈マクミラン社の、ベスタ・シカゴがいまフィラールに来ています。あなたが匂冥と会った部屋は、シカゴの名で予約されたものです〉

『知っています』

〈シカゴは、死の商人です。武器で儲けている。開戦して喜ぶのは、シカゴでしょう。火種をもって、着火すべく、フィラールに来たのは間違いないでしょう。観光しにきたわけではない。商品見本を持ってきていますよ。ガルーダという海賊船が、いまフィラール宇宙港に停泊中ですが、大きなコンテナがいくつも陸揚げされています。機械見本となっていますが、組み立てれば、宇宙戦闘機になるかもしれない〉

『あなたは、ラジェンドラ、ではどうしろというのです。わたしに、どう戦えと？』

〈あなたは、われわれと共闘しようと提案してきたものと、わたしたちチームは最初から、そのように理解しています。共闘を続けるだけのことです。海賊退治は、われわれ海賊課の仕事です、シャル。こういう事態のために、われわれがいるのです。海賊は、われわれがやります。匋冥教のほうは、宗教警察と、それから、シューフェランに任せればいい。シューフェンバルドゥが使えるはずです。匋冥教がシュラークにとって、すなわち王家にとって、脅威のない似非宗教ならば、シューフェンバルドゥは反応しないでしょう。シャルファフィアス、なにも軍を動かすことはない。それは先方の思うつぼです〉

『わたしは、匋冥に、誘導された、ということですか』

〈おそれながら、シャルファフィアス、そのように思われます。愛と憎しみは表裏一体といいます。あなたは彼の言葉や存在を無視できず、同時に、それを消したいと思った。彼は、そんなあなたの彼への想いを利用したのでしょう〉

シャルファフィンは口を閉ざして画面を見つめる。ラジェンドラの話した言葉が、あちらの画面上に文字で表示されている、それを、読み返しているのだ。

〈シャル〉とラジェンドラは続ける。〈ここまでのあなたとの交信は、シューフェラン・サフランには、聞かせていません。あなたが匋冥と二人きりで会ったということも知らせていません。ラテルには、伝わっています。アプロにも。交信をサフランにもオープンにしていいですか？〉

『……宗教警察に、サフラン・メートフを行かせます。彼女にわたしから直接命じます』

〈ラテルとアプロの同行は、許可していただけますね〉

『同行は、無理です』とシャルは、冷ややかに言った。『宗教警察は、わたしの権威が通じない例外的組織です。女王陛下の勅命でなくては、海賊課を内部に入れることは叶わない。ただし、シューフェランの言葉は、べつです。シューフェランの命、託宣《たくせん》には、宗教警察は逆らえません。シューフェランが宗教警察本部に入り、そこから海賊課を招き入れるという形でなら、可能です。同行して入るのは、シューフェランの権威を損ねます。わたしが許しません』

「匋冥もそこに現れるかもしれない」

ラテルが会話に割り込む。

「はい？」とサフラン。

「すみません、サフラン。いやな予感がしたもので」

〈サフラン・メートフ、シャルと連絡がつきました。シャルが出ます。あなたに命じるこ

とがあるそうです〉

「これは」とサフランは席を立って、その前に跪く。「シャルファフィアス」

『シューフェラン・サフラン、あなたはいまから宗教警察本部に行き、押送されてくる者たちを出迎え、その取り調べに立ち会いなさい』

「はい、シャルファフィアス」

『ラジェンドラ、お手数でもシューフェランをフィラール宇宙港までお送りください。こちらで迎えの専用機を用意し、宇宙港に差し向けます』

〈それは、いけません〉とラジェンドラ。〈いまわたしがそちらに向かえば、そこに係留中の海賊船への示威行動であると彼らに受け取られかねません。戦闘になるかもしれない。非常に危険です〉

『ではそちらに向けて、王立空軍機を出します。ランデブーポイントを指示してください』

「そんな危ないことは」とラテルは座席を立って、言った。「おれが、させない。あなたが匋冥に宣戦布告した以上、海賊は、まずシューフェランを狙ってくる。おれが匋冥なら、手始めにシューフェランを血祭りに上げるということを考えるだろう。あなたの権威を失墜させ、シューフェンバルドゥの使い手も葬ることができる、一石二鳥だ」

〈ラテルの言うとおりです〉

「宗教警察本部に独りでサフランをやるというのは、彼女に宇宙服なしで宇宙空間に行け、と言うのと同じです、シャルファフィン閣下。いまは、面子にこだわっている場合ではないでしょう。匐冥の危なさ、力は、あなたもよくご存じのはずだ。おれが、サフランを警固する」

『あなたがたは、シューフェランとシューフェンバルドゥの真の力をご存じないのです』

そうシャルは言いつつ、しかし、ラテルの忠告を受け入れた。『それでもこの場は、海賊課の援護をお願いしたいと思います。シューフェランを直接、宗教警察本部に送ってください。海賊課との関係は知られてしまいますが、もはやそれを気にしている余裕はわたしには残されていない。ラテル刑事の言うとおりです』

「おおっぴらにラジェンドラの巨体を宗教警察本部上空にさらすような真似は、もちろんしません。シャル、あらためて、サフランにおれが同行することを、認めてください。いっしょに行きます。離れずに。ラジェンドラ、いいな」

〈了解。シャル、宗教警察本部の、本部長室にピンポイントで二人を転送します。本部長にあなたから、シューフェランが出現することを予告してください〉

『わかりました。それは、いつでも可能です。すぐにやりましょう。ラテル刑事、サフラナンをお守りください』

「まかせてください」

ラテルは満面の笑みを浮かべて答えた。左手はもうサフランの右手を握っている。

〈ラテル〉

「なんだ」

〈そんなにくっつかなくても転送できます。もっと離れて。だいたい、いますぐに転送するわけではありません〉

「おまえ、妬《や》いてるな、ラジェンドラ」

〈コメントしたくありません〉

馬鹿につける薬はない、ということわざがラジェンドラ対人知性体の連想野に流れたのは言うまでもない。

「この格好では——シューフェランとして、これでは」

『わたしから、衣装を持たせて宗教警察本部に使いをやります。あなたの付き人として、好きなように使っていい。押送される匌冥教徒らの脅威の度合いを、あなたの力で見極めなさい、シューフェラン・サフラン』

「仰せのままに、シャルファフィアス」

シュラークの加護がありますように、幸多かれ、という挨拶で通話は終了する。

12

アプロ、地平線から高速飛翔体が三、出現、超低空を接近中。王立空軍の認識波を出していますが、あれは、あきらかにナーガです。ポップアップ攻撃を仕掛けてくるものと予想されます。

ロリポップ攻撃? 甘いな。

アプロ、なにをぼけているんですか、あれは小型無人戦闘攻撃機、ナーガですよ、ナーガ。カーリー・ドゥルガーの艦載機です。ガルーダに積まれていた、機械見本に違いありません。

だから、なに。

アプロ、食べ過ぎで頭、悪くなりました? もともとそうだとは思いますが、あなたは人間ではないので、わたしの対人知性体ではあなたの思考がよくわかりません。なにを考えているんですか。

やらせておけばいいじゃん、ラジェンドラ。あれには、人、乗れないんだろ? 四人たちはあれでは逃げられないよ。

アプロ、それは、理屈ではそうですが、護送車ごとナーガに攻撃されることも考えられます。捕まった匈冥教徒を仲間たちが粛清のため殺害する、ということだって考えられるんです。

そうなの？　それって、おれも危ないってことじゃんか。

アプロ、だから最初から、攻撃を仕掛けてくるものと予想されます、と言っているでしょう。なにを聞いているんですか。

艦内に転送収容してくれ。

アプロ、それどころではありません、通常対艦ミサイル六、接近中。わたしが狙われています。

どっから飛んできた？

アプロ、ナーガですってば。

ラジェンドラ、おまえ、ラテルがいないと、言葉がへんだ。

アプロ、気のせいですって。アクティブ対応していいですか。

だめ。艦体で受けろ。

アプロ、いやです。汚れますので。掃除してくれますか。

全部まとめて叩き落とせ。ナーガごと、全部。ラジェンドラ、おっぱじめようぜ、腹ごなしにちょうどいい。こいつは◯◯だ。

アプロ、最後の言葉は削除、了解。大気クレバスを発生させます。

それ、終わったら、転送ね。

アプロ、全目標、クレバスにて破砕。受動的攻撃終了。ミサイル六、ナーガ三、完全撃破しました。いま、船舶の自動救難信号をキャッチ。なんと、ガルーダです。ガルーダ、フィラール港から離岸途中で、係留索を外し損ねて船体バランスを失い、そのまま制御不能。

それも、叩き落とせ。

アプロ、仮にも救難信号を発している船に対して、それはできません。

罠に決まってるだろう。

アプロ、わかってます、しかし先制攻撃はまずい。カウンター攻撃の用意はできています。ガルーダ、係留索を強制切断、しかし上昇したところで、流れてきます。こちらに向かって、船体制御不能警告信号（むやみに我に近づくな、危険、というサイン）を発信しながら接近中。まだ遠距離ですが、こちらに向かってきているものと見て間違いないです。

危ないな。とにかく、おれを転送乗艦させろって。

アプロ、総員艦内退避がいいでしょう。護送責任者のソフュース警部を説得してください。

えー、面倒くさいな。

アプロ、犠牲者を出すと、宴会お流れですよ。酒池肉林を目前にして、あきらめるんですか。もう少しでポワナは見つかりますよ、きっと。

そうか、そうだよな、わかった。

――ラジェンドラの対海賊戦記録より

ガルーダの艦体は明らかに傾いていて、いまにも墜落しそうだ。ポワナは気が気でない。そもそも、いま海賊課のフリゲート艦に攻撃されたらどうするのだと心配でならないが、口には出さない。それを言葉にすると、そのとおりになりそうな気がする。ガルーダの戦闘指揮室は狭くて天井も低く圧迫感があるのも、不安を増長している。

ラジェンドラはかなり自制しているな、と戦闘司令席についているジュビリーが感心したというような口調で言う。

「こちらの偽装はとっくに見破っているというのにな」

「ずっと、攻撃照準されっぱなしです」と、戦闘副長席のベスタ・シカゴが緊張した声で応える。「地平線の向こうからΩ探知型の照準波です。これこそ威嚇照射ですよ、ジュビリーさま」

「やれるものならやってみろ、というわけだ」

ポワナは、これは情報監視員席だと聞かされたシートで、モニタ類を注視するという仕事をさせられている。ガルーダの姿勢モニタもあり、地表レベルの水平基準から三〇度ほど右舷側に傾きつつ、船首を一五度以上沈み込ませている。その姿勢のまま、右舷方向へ、風に流されるように動いている。

「ナーガを使って、やってみましたが」とシカゴ。「まったく、一瞬のうちに、やられましたな」

「大損害だ」

「損害は大丈夫です、ジュビリーさま。保険をかけておきましたので、保険金が出ます」

「おまえ、保険金詐欺もやっているのか」

「詐欺は、いくらジュビリーさまでも、それはひどい。ちゃんと正式な契約を結んでおります。戦闘機見本のデモフライトにおける危険性を、保険屋は甘く見ていただろう、とは思いますが」

「おまえ、もう、なんと言っていいかわからないが、稼いでいるだけのことはある」

「ありがとう存じます。しかし、いったいラジェンドラは、なにをしたんでしょう」

ポワナも戦闘モニタでその様子を観察していた。小型の高性能無人航宙戦闘攻撃機のナーガが、対艦ミサイルを発射したところまでは昂揚した気分で見ていられたが、そのあとがいけない。ミサイルは目標のはるか手前で爆発もせずに紙吹雪のように四散し、そのきらめく破片群の雲に突っ込んでいった三機のナーガは、その直後、まるで透明の壁にぶつかったように爆散した。爆煙も破片群も透明の壁の存在を確かに示すように、その平面からラジェンドラ側にはまったく入り込まず、まるで爆雷を投下した海面が爆発で盛り上がるように、透明の壁からこちら側に黒煙と破片が爆発的に飛びだしてくるような光景だった。いったいなにが起きたのか、わからない。ナーガはまったく無力だということは一目瞭然だったが。

「大気圏内でラジェンドラを相手にする戦闘は初めてだ」とジュビリー。「あれはシールドの一種に違いないだろうが、わからない。わからないから、保険屋も被害を海賊課に請求することはできないだろう。海賊課もおまえに劣らず、抜け目がない。自分たちがやったという証拠を残していない。あとで分析してみよう。おそらく、空気の存在を利用したものだろう」

「あとで、の、あと、があればいいのですが」とシカゴ。「ここで、お仕舞いということも」

「あれだけの挑発に乗ってこないのだから」とジュビリー。「やつらは、あきらかにカーリー・ドゥルガーを意識している。早い話、こちらガルーダは、雑魚《ざこ》ということだ。相手にされていない。ラテルチームの相手は、匈冥だ」

「当艦に匈冥さまが乗艦していないことを承知している、と」

「そうだろう。実際、乗っていない。匈冥は、こういう駆逐艦《デストロイヤ》といった小型艦は、そもそも人が乗るものではないと思っているふしがある。空母カーリー・ドゥルガーを護るための槍であり、楯だ。敵に向かって体当たりさせたり、カーリー・ドゥルガーの身代わりになって攻撃を受け止め、その結果、沈んでもかまわないと思っているんだ」

「……使い捨て、ということですね」とポワナ。「すごいな」

「しかし」とシカゴ。「このまま沈むわけにには。フィラール船舶救難局と、航宙危機管理センターから連絡あり、制御不能を解決し、なんとか砂漠に針路をとって、最悪でも砂漠に座礁させろ、と言ってきていますが、いかがいたしましょう」

「了解した、鋭意努力中、と返信」

「わかりました、そのように。このままラジェンドラに向かうということですな」

「そうだ。あくまで、海賊課に圧力をかけ続ける。宗教警察本部へ向けて押送されている匈冥教徒を奪還すべく、動くんだ」

「奪還というのは、違うのでは」とポワナ。「もともと彼らは、ぼくら海賊の仲間ではないわけだし。ぼくらの仲間であるかのように海賊課に思い込ませる行動をとる、ということですよね」

「ポワナ、ぼくら、じゃないだろう。おまえはまだ海賊ではない。おまえは、姉を殺すまで、海賊とは認められない。あるいは、おまえが討たれるかしないと、おまえは海賊にはなれない」

「考えたんですけど、ジュビ、いえ、エルジェイ」

「死んで海賊と認められても遅い、と気がついたか？」

「いえ、それもそうなんですけど」とポワナはモニタから目を離し、ジュビリーを見やって言う。「姉を殺すのは、やめておいたほうがいいと思います」

「怖《お》じ気《け》づいたか」

「そうじゃなくて、シューフェランは、匋冥教とその教徒の敵です。匋冥教をつぶしたい、というのが匋冥さんの願いなんですから、姉は味方のはずです」

「なるほど」とジュビリー。「理屈ではそうだな。たしかに」

「でしょう」

「では、おまえは、死んで海賊になるしかない。それでいいんだな？」

「いや、そういう話ではないでしょう」

「そういう話だ、ポワナ」

「どういう話ですか」

「くどいな。だから、匋冥は最初から、そんなことは承知だろう。早い話、おまえにシューフェランが殺せるなどとは、はなから思っていないということだ」

「……そうなんですか」

「そうに決まっている」

「もし、ぼくが、姉をダブラで撃とうとしたら？」

「シューフェランが殺されそうになったら、シューフェンバルドゥが黙ってはいない。もしその守りが間に合わないとなれば、おまえは匋冥に撃たれておわりだ。いずれにしても、おまえは生きてはいられない」

「馬鹿みたいだ。匋冥さんは、なぜ、ぼくをこんな目に遭わせるんですか」

「おまえは生きてるうちは海賊にはなれない、それをわからせるためだろう。匋冥は、愛はないが、親切だからな」

「わからないな」

「おまえはいまだ、匋冥教徒だ」とジュビリーは言う。「海賊匋冥に憧れている。匋冥は言ったろう、おまえが信じているその匋冥像は、物語《フィクション》にすぎないと」

「ぼくが、ぼくでなくてもいい、一般人が、匋冥という海賊をどう思おうと、それは勝手です。だれにも、この憧れを否定したり奪ったりすることは、できない。できるはずがない」

「おまえというやつは」と呆れた声でジュビリーは言う。「匋冥とあれだけ接していて、まだわからないのか？　おまえが、だれにも奪えないと信じているそれを、匂冥は、否定し、奪い、消す。匂冥は、そう言っているんだ。そして、そのように、実際にいま、動いているんだ。おまえもそれに加担しているというのに、なにを寝ぼけたことを言っているんだ、ポワナ・メートフ」

この自分も、ようするに、海賊匂冥によっていま、宇宙服なしで真空に投げ出されているに等しいのだ。そう、ポワナは初めて、気がついた。ぞっとする寒気に襲われて、ポワナは言葉を失う。

「ジュビリーさま」

シカゴが、邪魔をして申し訳ないが、という低い声で言う。

「宗教警察が差し向けた垂直離着陸タイプの空中機が、サグラフィス藩主国内に入り込んで、ラジェンドラのもとに向かっています。受け渡し地点を変更し、越境して押送者を引き取りに行ったと考えていいかと。わが七人隊を出動させますか。現場でなくても、いつでもできますが」

「教徒らが乗り込んだ対象機を強襲して全員を殺害し、即座に離脱する、というのなら、勝機もあるだろうが」とジュビリー。「奪還する、というのは無理だ。それに、七人隊ではなく、八人隊だろう、おまえが先頭に立つんだから」

「……は、ジュビリーさま。無駄死にはさせたくないですな、わかりました」

「現金だな、気持ちがいいくらいだ。とにかく、こちらの監視鳥はまだ察知されていないようだから、現場をよく観察しろ。目を離すな」

「承知いたしております。匐冥教徒らはラジェンドラに収容されているのかもしれないですな」

「仲間を奪還できなければ、口封じのために消す。それが海賊のやり方だ——と、海賊課ならそう考えるかもしれないが」

そう言って、ジュビリーは、ガルーダに操船指示を出す。

「ガルーダ、姿勢を回復、正常体勢に戻せ。救難信号オフ、制御不能警告信号もオフだ」

〈ラジャー〉

「フィラール港に緊急再入港を申請」

「どうされるのです、ジュビリーさま」

「緊急点検を口実に埠頭に着岸し、こちらに攻撃意図のないことを海賊課にわからせる」

「攻撃照準に変化なしです」とシカゴ。

「再入港すれば向こうも簡単には手を出せない。出方を見よう」

「わかりました」

「教徒らを宗教警察に渡してしまえば、あとはもうラジェンドラは、カーリー・ドゥルガーを全力で捜し始めるだろう。ガルーダを砂漠に出せば、そこで撃沈されるだけだ。大気圏外に出たラジェンドラから、一撃でやられる」

「ラジェンドラが」とポワナが気づく。「上昇開始」

「来るか、攻撃」とシカゴ。「いまCDSを食らったら、落下して大破だ」

「全電源系統を落とすしか対抗策はない」とジュビリー。「そうなれば結果は同じだ。慌てるんじゃない、シカゴ」

「護送車が帰っていくのを確認」シカゴはうわずった声をなんとか抑えようと努力しつつ、言う。「宗教警察の空中機に対象者らは移乗完了しています、八名ですな。全員です。海賊課刑事の姿はない」

「海賊課は、警固をここで終了するということか――」

「あ、ジュビリーさま」とシカゴが大きな声を出す、「匋冥さまから、です」

『ジュビリー、小細工はもういい。話はついた』

「だれとの話だ」

『シャルファフィンだ。ポワナを渡す代わりに、匋冥教徒を渡せ、という、人質交換交渉だ。成立した』

「どこでやる」

『宗教警察本部、ロビーだ』

「敵地でやるのか。通常、中間地帯でやるものだ」

『王宮に向けて、カーリー・ドゥルガーが攻撃照準を定めている。シャルも承知だ』

「そういうことか」

『匋冥教徒らの最期にはふさわしいところだろう。おれがこの手で消してやる』

「あの世にも地獄にも行かない、ただ消滅する、か」

『そうだ』

「……フリーザー、ですね」とポワナ。「あれは、たしかに怖い。——匋冥さん」

『海賊はやめるか、ポワナ』

「死なないとなれないものに、なりたいというのは、馬鹿げている。それは、死にたい、と言っていることじゃないですか。ぼくはそんなのはいやだ、そう思います」

『匋冥教の連中がまさに、そういう馬鹿だろう。生きていてはなれないものになりたいと願っているんだ』

「そうですね。それがよくわかりました」

『では、おまえは、帰るんだな？』

「はい、匋冥さん」とポワナは言った。「いろいろご迷惑をおかけしました。お世話にもなりました。ありがとうございました。帰ります」

「ポワナ、おまえ」とジュビリー。「お邪魔しました、ではさようなら、で、帰れると思ってるのか——」

「匋冥さん、人質交換に、使ってください。ぼくはシューフェランに討たれるかもしれないですが、仕方がない。それは、あなたには関係のないことだし。もし生き延びられたら、ぼくは海賊匋冥のことは忘れます」

『いいだろう』

匋冥は普段と変わらない口調で言った。

『おまえの幸運を大事にするがいい、ポワナ・メートフ』

「あなたも、匋冥・ツザッキィ」

「匋冥」苛立ちを抑えた棘のある口調でジュビリーが言う。「海賊課は、この千載一遇の機会を逃さないだろう。王宮を犠牲にしてでも、あんたを殺害するべく動く」

『海賊課は、シューフェランの依頼でポワナ捜しをしていたんだ。火星で見つけられれば、ここまでやってはこなかった、ということだ。ポワナを見つけた以上、もう彼らは用なしだ』

「王宮ごと女王を人質に取られているわけだろう。シャルはあらためて海賊課に頼む——

——」

『シャルファフィン・シャルは、自力で王国を護る。海賊課の力は借りない。彼らの足下に跪くことは決してしない。おれに対しても同様だ』

「シャルは、おまえとの取り引きにおいて、海賊課には絶対に邪魔をさせない、そういう確信が、おまえにはあるわけだな」

『絶対、はないだろう。だが、少なくとも、人質交換を終えるまでは、海賊課は動かない。シャルが、手出しさせない。その確信ならある』

「やられても、おれは知らないからな」

『おまえはガルーダで待機していろ』

「わかった。そうさせてもらう」

『シカゴ、ポワナといっしょに、わたしを迎えにこい。シャールセルンホテルだ。護送機は宗教警察本部、屋上ポートに着く。教徒らは降りたら、取り調べなしで直接ロビーにくることになっている』

「わかりました、匋冥さま」

「匋冥、あのホテルにずっと居たのか」

『いいホテルだ。王家の森もよく見える』

「シャルとは、きょうも会ったのか」

『彼女はそれほど暇ではないし、自由でもない』

「寂しいことだな、匋冥・ツザッキィ。彼女の存在は、おまえの唯一の救いだろうに」

『シュフィール、おまえに言われることじゃない』

「あえて弱点とは言わないでおいてやったんだ」

するとは少し考え、間をおいて、言った。

『彼女もまた、一つの物語にすぎない。シュフィール、おまえの言うとおりだ。それはおれにとっての救いであり、同時に弱点だ。彼女は死んでも、物語として存在し続ける。この弱点は、だれにも消せない』

ガルーダ内の一同は無言。ジュビリーもシカゴも、匋冥が海賊をやめると言ったかのような思いで、その言葉を受け止めた――そのように、ポワナは感じた。

「匋冥さん」とポワナは言った。「それすら捨てたら、あなたはもう人間ではないです」

『ポワナ』

「はい、匋冥さん」

『刑事にはなるな』

「……わかりました」

通信はそれで切れる。

シカゴとジュビリーは二人とも、シートの背もたれに寄りかかって、緊張を解いた。

それから、ベスタ・シカゴは深呼吸をして席を立ち、ジュビリーに、出動します、と言った。

「ジュビリーさま、八人隊の武運を祈っていてください」

「大丈夫だ」とジュビリー。「おまえのことだ、保険をかけておいただろう。あとのことは心配ない。おまえの骨は拾ってやる」

「は、よろしくお願いしたく。ジュビリーさまも、お気をつけて」

ガルーダは再び埠頭に着岸、係留される。

ポワナは自分の手荷物をまとめて、年代物の革製背嚢《はいのう》に収め、それを手にする。匋冥が選んでくれた銃、ダブラはおいていく。それからシカゴといっしょにガルーダを出た。

ガラス張りの近代的な宇宙港出入国管理施設に向かう。旅客部門も広く、多くの生き物でにぎわっていた。ポワナは帰国者専用ゲートから、シカゴは訪問者のゲートからと、分かれている。ポワナはなんの問題もなく通過して（体内アイデンティティ回路をフィラールでも採用している）、訪問者ゲートが並んでいる方に向かい、シカゴたちを待った。小一時間ほど待ったところで、シカゴだけがやってきた。ポワナを見つけて、顎をしゃくり、出口ゲートへと向かった。ポワナは小走りに追いつく。

「他の人たちは。七人のチームは、どこです」

ポワナは、その七人の海賊とはいまだ顔を合わせていない。

「おまえを監視しつつ、現地集合だ」

「ぼくを、監視、ですか」

「当然だ。おまえに逃げられたら、ヨームさまに申し開きができん。しかし、また靴まで脱がされて調べられたぞ。わたしはそんなに怪しげに見えるか？」

見える。だが、言えない。

「大物に見えます」と言う。

それはどういう意味だ、とシカゴが問う前に、助けが入った。シャールセルンホテルが出迎えに差し向けた、ホテル専用機のアテンダントが現れて丁重に挨拶したので、ベスタ・シカゴの機嫌は直った。

海賊匋冥は、バルコニーに出て外を見ていた。夕暮れが間近で街の影が長く伸びていた。沈む日は背後にあり、正面に広がる森は夕陽に照らされて浮き上がっているように見えた。

ポワナとシカゴに、こちらにこいと匋冥は目で促して、バルコニーから動かない。狙撃される心配はないのかとポワナは思う。王宮や森全体を一瞬にして消滅させられる力を持っていたとしても、それと、いまこうして無防備に身をさらしていられることとは、無関係な気がする。だが結局は、それらはリンクしているのだろう、ポワナにはそうとしか考えられない。

匋冥は振り返りもせず景色を見ている。シカゴも無言で控えているので、ポワナは声をかけずに、匋冥の見つめる方向を視線でたどる。王家の森がオレンジ色の炎の帯のようだ。シャルファフィンのことを想っているのだろうかといった感傷に浸るポワナだったが、匋冥は、待っていたのだ。

「到着だ」と匋冥は言って、バルコニーの手すりから離れた。「匋冥教徒だ」

宗教警察の専用機だろう、視界の右、南東側から、高度を下げながら森の見えている正面方向へと向かう。

「さあ、行くぞ」と匋冥。「宗教警察本部は森の入口にある」

匋冥は部屋に戻り、ソファの背の上着を取り上げ、それを着込みながら、部屋を出る。ポワナもシカゴも、遅れずに後を追う。共用エレベータで階下に。

ロビーで支配人に声をかけられる。

「いってらっしゃいませ、ヨームさま。リムジンをご用意いたしております」

匋冥は軽くうなずいて玄関に向かう。

ポワナは、匋冥の上着の裾からホルスターのふくらみが見えているのに気づいたが、匋冥も、そして支配人も、それを気にする様子はなかった。支配人にわからないはずはないというのに。まるで見えていなかったかのようだ。支配人に見えないといえば、シカゴの存在もだったが、シカゴはといえば、そのように無視されてむしろほっとした様子だった。

玄関でベルボーイに送り出されるとき、ポワナは、おそらく二度と来ることはないだろうホテルを目に焼き付けるべく、振り返る。支配人の屹立《きつりつ》した姿が、ホテルの化身のように映った。

目的の宗教警察本部の建物は、リムジンでほんの十分ほどだ。石造りの四角い門の形をした建物で、近づくと大きく威圧感がある。

リムジンはかなり手前で停まる。一般車両はここまでということだった。

匂冥が先に、ポワナが続き、シカゴが最後に降りた。周囲は円形の石畳で、本部建物はその中心に置かれた巨大なモニュメントのようだ。一辺五〇メートルはあるだろう、立方体の巨石の東西方向をトンネル状にくり抜いた形で、窓はまったくない。真っ直ぐに向かう先が正面で、馬蹄形をしたトンネル状の空間が突き抜けているため、その先の王家の森が見える。

この建物は、その聖なる森と俗界とを分ける門として造られていて、宗教警察はその門番の役割を負う。実際は、王家の森に出入りするのにこのトンネルを通る必要はなく、そのように強制されているわけでもないので、この形は宗教警察の役割を表す象徴にすぎない。

ここにくるのはポワナは初めてだった。匂冥もそうに違いないというのに、迷うことなく巨大な門の中へ、天の高いトンネル空間へと入っていく。その中も、周りの石畳にも、人の姿はない。普段からこうなのか、凶悪犯が押送されてくるための規制措置なのか。ポワナにはわからなかったが、自分ならあまり近づきたくない処ではあると思う。宗教警察に親しみを感じている人民は例外的存在だろう。

手にしていた背嚢を背負いながら空を仰ぐと、夕日に照らされた建物の上空に白いカラスが群れて舞っている。フィラールでは珍しくない鳥だ。あまり好かれてはいない。利口な生き物なのにとポワナは、ふとカラスが気の毒な気がした。農作物を荒らすことはないので、ポワナは格別その鳥を嫌ったことはない。利口なのは狡《ずる》さに通じる、それが嫌われる理由なのだろうかと考え、自分は馬鹿だから匈冥から優しくされたのかもしれないなどと考えが及ぶと、カラスが憎く思えてくる。

巨大な門の内部、トンネル状の空間に入る。真っ直ぐ行けば王家の森だ。先を行く匈冥が足を止める。ほぼ中央だ。左右を見ると、両側に扉が並んでいる。この広い場所がエントランスロビーなのだとわかる。

左側が通常の入口のようだ。ガラス張りの回転扉が見える。その脇に通用口のような簡素な扉がある。と、それが動いて、スーツ姿の女が、同じく地味なスーツの男二人を後ろに従えて出てきた。いかにも役人といった生真面目な雰囲気の三人だ。こちらの広い空間に向かって歩いてくる。

ポワナは匈冥とシカゴに挟まれた真ん中で、三人がやってくる方へと身体を向けた。匈冥もシカゴもそちらを向いて、三人と相対する。

女は手にしていた書類挟みを上げて、その書面にちらりと目をやってから、「ヨーム・ツザキですね」と敬称抜きで匈冥に言う。「今回、われわれと海賊との仲介役を務める、コンサルタント会社の担当責任者」

「そうだ」

「ポワナ・メートフ」

「はい、ぼくです」とポワナ。

「あなたは」とシカゴに問う。「だれ」

「ベスタ・シカゴ。ツザキ氏の付き添いだ」

「わかった」と女はうなずき、「ここで待ちなさい」と言う。

二人の男が離れて、やってきた方の向かい側へ向かう。そちらにも複数の扉がある。男二人は、五つ並んでいる真ん中の扉の前で、止まる。

「あのエレベータから、押送されてきた者たち八名が降りてきます」

男たちが扉の取っ手を引くと向こうにエレベータの内扉があって、それが左右に開いた。

八人の未決囚たちが後ろから追われて出てきた。囚人服ではなく、逮捕されたときと同じ私服だ。血で汚している者もいた。みな手錠と、両足首を繋ぐ鎖がつけられている。動力装甲スーツを着た警備員が二人、後から姿を現す。

匋冥教徒たちは四人が横並びに二列になって、中央へと歩かされ、匋冥に近づく。背後に装甲警備員、列の両側にスーツ姿の役人。六、七メートルほど近づいたところで、匋冥の脇に立つ女役人が、止まれと、鋭く命じた。

それから、書類挟みから新たな書類を出し、それを未決囚らに向けて、言う。

「おまえたち、ノワール・ロブチ以下総員八名は、海賊に拘束されていたポワナ・メートフと引き換えに、自称ラックグループなる海賊組織に身柄を移される。ゆえに、ここで、超法規措置により、おまえたちを釈放する。なお、この措置によりおまえたちの法的責任と義務が免除されるものではない。現在未決の立場が解消されるものではない旨、承知しておくように。以上、畏れ多くも――」女役人は直立不動姿勢をとる。男役人と警備員も、両踵を音を立てて合わせる。「フィラール王国女王陛下の勅命である」

書面のサインを示し、一呼吸おいて、女役人が、未決囚たちの手錠と足鎖錠を外すように男役人らに命じた。

じゃらじゃらと鎖の音がひとしきり鳴り響いて、未決囚たちは拘束を解かれる。

ずっと無言だった未決囚たちだったが、ここで、リーダー格の男が手首をさすりながら、女役人に言った。

「おれたちは、海賊のところにはいかない」

一瞬、女役人は息を呑み、匋冥に目をやり、それから、発言した男に向かって、言った。

「ここで解放されるというのに、なにを言っているのだ？　おまえたちの仲間が苦労して、この人質交換の場を設定したのだ」

「おれはロブチ。ノワール・ロブチ。海賊ではない。匋冥教の信者だ。海賊に助けられるいわれはない。われらをお救いくださるのは、匋冥神だ」

「――ヨーム・ツザキ」と女役人が、匋冥に詰問口調で言う。「これはどういうことだ。

交換条件は問題ないということで取り引きは成立したはずだ」

　匋冥は教徒たちを一人ひとり見つめ、それからロブチに視線を戻して、訊いた。

「凶悪な犯罪を犯し、おまえたちは厳罰を免れない立場にいる。やっていることは海賊と同じだ。その海賊から、助けてやろうと言ってきている。それを拒むとは、どんな死に方をしたいのだ。そんなに死にたいのか」

「このまま、そちらに」とロブチは、ポワナたちがやってきた方を向いて、言った。「出ていけるなら、そうさせてもらう」

「それでは、困るんだ」と匋冥が言う。「わたしの立場がなくなる。海賊から、おまえたちを助けて無事につれてくるようにと、この件を依頼されている」

「どこのどいつだ。どういう海賊組織だ」

「ここフィラール王国出身の、ラック・ジュビリーという大物海賊だ。ジュビリーは、海賊匋冥の配下だ」

「匋冥だと？」と言って、ロブチは笑った。「そうか、匋冥神を騙る海賊か。ほんとうにいるのか。いずれ匋冥神は自分だと言って、われら教徒の前に現れるつもりなのだろう」

「おまえに馬鹿にされ、嘲笑されることも知らずに、か」

「神の名を騙るやつに、まともな人間がいるはずがない。笑われて当然だ。神が人であるはずがない」

「フムン」と匋冥。「やはり、そうか」

「どうする」とロブチは挑戦的な態度はそのままに、言う。「力ずくでつれていくか。その交換用の若造はどうする。おれたちが同行を拒否すれば、交渉決裂で、その若造もただではすまない、か。それは、しかしおれたちの責任じゃない。そちらが勝手にしたことだ。だいたい、その若造は、どういう――」

「おだまり」と女役人がロブチに命じる。「――ヨーム・ツザキ、とにかく、条件であるこの者たちは引き渡す。ポワナ・メートフを渡しなさい」

「少し待て」と匋冥はロブチを見つめたまま女役人に言って、続ける。「ノワール・ロブチ、おまえたちが海賊ではなく、匋冥教徒だとあくまでも主張するなら、その証を見せろ。おまえたちを助けようとした海賊たちの面子をつぶし、ここで殺されてもいいという覚悟は、どこから来ているのだ。神が降臨するとでもいうのか、この場に？」

「そうとも。予言されたのだ。この場で死んでも、匋冥神がわれらを救ってくださる。われらを救済するのは、似非匋冥などではない、神だ」

「おまえたちの神が本物ならば」と匋冥は低い声で言う。「シュラークが黙ってはいないだろう。――おい、おまえ」と匋冥は女役人に向かって言う。「シューフェランを呼べ。この者たちの信仰心が本物かどうかは、それでわかる。これは、宗教警察本来の取り調べだろう、おまえたちが拒む理由はない。すぐにやれ」

「それで……どうすると？」

「ポワナ・メートフは、渡す。海賊側は、わたしが説得する。海賊匋冥は、匋冥教を利用してフィラールへ進出しようと企んでいたのだが、匋冥教徒らがみなこうだとしたら、利用はできないだろう」

「ポワナ・メートフを無事に引き取れるならば、いまの案でこちらとしては異存はない。ただし、あなたが海賊側を説得できるという、確証がないかぎり――」

「絶対的に、保証する。シャルファフィアスとの密約もある。これはおまえたち小役人の次元での話ではない」

それから匋冥は、ロブチらに向かって言った。

「おまえたちがもしシューフェンバルドゥに討たれず生き延びるとしたら、それは、シュラークに対する脅威ではないということであり、ようするにおまえたちの信仰心などただの独りよがりで、海賊としても使い物にならないということになる。使い物にならない者を生かしておくのは無駄だ。海賊匋冥はおまえたちを処分する。さっさと殺す」

「どうやって」

「わたしは代理人だ。海賊側が実行したい事柄も、請け負っている」

「おまえが……やるというのか」

ポワナは、思わず身を震わせる。いつフリーザーが抜かれるのか、と。その震えはシカゴにも伝染した。そして、女役人にも、それから、ポワナの対面の男役人二人にも。三人とも、身震いした。装甲警備員も身じろぎしたのがわかる。動力スーツの油圧作動音が、ぎゅいんと聞こえた。平然としていたのは八人の教徒だけだった。

「まずは」と匋冥が言う。「シューフェンバルドゥを生き延びてみるか、似非教徒」

匋冥は、後ずさった。つられてポワナも引き下がる。女役人がポワナの動きを見て、なにをしているのだ、逃げるな、という鋭い視線を向けてきた。それは、そうだ、とポワナは思う。これでは自分は海賊だと自分から認めているようなものだ。が、一人でその場に取り残されるのは不安だった。とても、一人で八人と向かい合っている気にはなれない。

匋冥が身を引いたわけが、わかった。

天の高いロビー空間の、王家の森の方向から、シューフェラランがやってきた。長い髪を下ろし、エメラルドグリーンに輝く細い編み紐を額から後ろ頭に回して結わえて髪をとめ、淡いターコイズブルーの透けるように薄い生地を重ねたロングドレス（古代ローマのチュニックを思わせる）を着けている。袖はなく、裾は足首も隠れるほど長く、帯を締めている。帯はこれも金属光沢のあるエメラルドグリーンやブルーに輝いていて、歩いてくると、それが赤みを帯びるように変化する。

石の床をすべるように近づいてくる。足音がしない。裸足なのだ。

「――サフラナン」とポワナは低くささやくように呼んでいる。「シューフェラン・サフラン・メートフ」

ロブチにはポワナのそれが聞こえたようだ。シューフェランという存在は、気軽に呼べる相手ではない。フルネームを口にする一般人はまずいない。にもかかわらず、サフラナンという親しい敬称で呼びかけるとは。産みの親でも言わないだろう。対等に呼べる者がいるとすれば……まさかこの若者は、この世に生きて存在しないはずの、シューフェランの双子の弟なのか――ロブチはおそらく気づいたのだろう、驚いたようにポワナを見つめたが、仲間に腕を取られて、シューフェランのほうを注視する。

シューフェランは歩きながら腕を真っ直ぐ水平に、前に向かって伸ばした。その手先に青い火がぽっと灯ったように見えた瞬間、腕の延長線上へと光が延びる。サフランは手首を返してその元を握る動作をする。光が、有限の長さを持つ透明なブルーの剣になる。

タン、と小さな音を立てて立ち止まり、サフランは聖剣を片手で振り上げ、斜めに空を切って、それから、あらためて、剣を水平に前に突きだし、その切っ先を、ロブチたちに向ける。

ロブチらは腰を引いて逃げる構えを見せていたが、動かない。動けないのだとポワナにはわかる。ものすごくまばゆい光を浴びて思考力が飛んだような感じだろうと、ポワナには想像できた。

聖剣が、ゆっくりと、おそろしくゆっくりとした動きで、振りかぶられる。素晴らしい速さで、だったかもしれない。ポワナには、その動きや速さという、時間の感覚が普段とは違って感じられた。

カーリー、退避しろ、という匄冥の声が聞こえたように思う。

シューフェンバルドゥは再び青い光となって、匄冥教徒たちに向かって延びた。光線の鞭のようだ。ポワナは、匄冥がフリーザーを抜いたのがわかった。シューフェンバルドゥを狙う。

サフランが入ってきた方向から、「匄冥」と叫ぶ若い男が飛び込んでくる。その後ろから、二人の警備員、これは装甲スーツは着ていない。ショットガンを手にしている。

「ラテル」と匄冥が叫び返す。「邪魔をするな」

シューフェンバルドゥの光は、八名の匄冥教徒をまとめて巻くように延びたが、途中で、真っ直ぐ斜め上空に向かう。宗教警察本部建物を突き抜けて（そのままカーリー・ドゥルガーへと延びたものとラジェンドラは推測しているが、その方向をたどったときにはカーリー・ドゥルガーの姿はなかった）。

匄冥の抜いたフリーザーは、作動しなかった。ポワナは、後になってからも、このとき見た光景が現実だったのかどうか自信がない。自分の目が信じられなかった。

匄冥のフリーザーは、サフランの持つ聖剣と同じように、光となって、シューフェンバルドゥの、青いビームとなったそこに、からみついたのだ。フリーザーのその光線は、真っ白だった。

どっと白いカラスの群が入り込んできた。

海賊課刑事を殺せ、とシカゴが叫んだ。ラテルと呼ばれた男は、海賊課の刑事だ。カラスがラテル刑事に襲いかかる。

ラテルを援護するように背後から飛び込んだ二人の警備員が、ラテル刑事に向けてショットガンの銃口を向けた。細い金色のビームが乱舞して、警備員の二人が倒れ込む。黒い大型の猫が疾走してきて、ラテルの頭を踏み台に、両の前脚を左右に広げカラスに向かって跳びかかっていく。ラテルの頭上で、一羽のカラスがパンと爆発した。ラテルは吹き飛ばされる。

シューフェンバルドゥにからみついたフリーザーの光は、その聖剣の輝きを吸い取る。光となって延びていたシューフェンバルドゥは、サフランの手に持たれる実体に戻った。青い氷のような剣だ。フリーザーだった白い光は、空中で白い炎の球体になって浮かび、次の瞬間、その炎の形が、もう一人の匋冥になった。巨大な、白く輝く匋冥。

〈おまえたちすべてを消す。ノワール・ロブチ、おまえがしてきた悪行程度で、わたしに近づけるとでも思ったか〉

白光の匋冥は腕を伸ばして、ロブチの首を摑み、高く持ち上げ、壁に向かって放り投げた。

ロブチは壁に叩きつけられ、床に落ち、一瞬気絶したようだったが、匃冥像がふたたび捕まえようとする動きから、かろうじて転がって逃れる。

「わが神、わが神、なぜわれらを——」

匃冥像の動きは、サフランを狙う。ラテルが頭を振りながら身を起こし、敵を捜してレイガンを連射。匃冥像の動きに気づいて、とっさにサフランに飛びついて床に押し倒す。右腕を伸ばしてレイガンを撃とうとするよりはやく、匃冥像の手がそれを払う。ラテルの手からレイガンが離れて床をすべる。ラテルはその動きを見る。レイガンの行く先に、匃冥。匃冥は、匃冥自身も、巨大な自己像に襲われる。黒猫アプロがラテルのレイガンに追いつくよりも早く、匃冥はラテルのレイガンを取り上げて、ラテルとサフランが倒れているほうへとダイブしつつ、レイガンを自己像に向けて発射する。

「あれは、フリーザー」とポワナが叫ぶ。「匃冥さん、あなたの武器だ」

白い炎の匃冥像はレイビームに貫かれて上下二つに分かれた。が、すぐに元通りになって、立ち上がったロブチに向き直り、ふたたび捕まえるべく近づいた。

「わかりました、わが神」

そう言うと、ロブチはその前に跪いた。巨大な匃冥像が身を折って、ロブチと、その仲間たちをねめまわす。おそらく、とポワナは思う、彼ら匃冥教徒には、この像は彼らの神の形、容貌に見えているのだろう、そうに違いない。

本物の匋冥のほうは、動きを止めてはいなかった。

「あなたの元で」とロブチは頭を下げる。「修行します。つれていってください」

「させるか」と叫ぶ匋冥。

ポワナは見る、匋冥は、レイガンでラテルを牽制しながら素早く近づき、サフラン・メートフの手の、氷のような剣を左手で摑み取って（たしかに匋冥はそれを摑んだ）、ロブチに駆け寄りざまに、その身体を蹴倒して、匋冥像の攻撃からロブチを護る。レイガンを自分のホルスターに収め、シューフェンバルドゥを両手で持つと、海賊匋冥は、白い匋冥像を聖剣で横に薙《な》ぐ。

金属を打ち合わせたような澄んだ音がしたとたん、白光は消え、大型の銃が床を転がった。

「ポワナ、フリーザーを取れ」

背嚢を頭に乗せて伏せていたポワナは、言われるよりも早く身を起こし、そちらに向かって駆ける。

匋冥は倒れているロブチの首筋を摑んで引き起こした。

「おまえを、おまえたちが生んだ神に殺させるわけにはいかない。それでは殉教になってしまう。物語が出来上がってしまうということだ。そうはさせない。おまえは、おれが、殺す。二度と生まれてくるな。彼岸に送ってやるから、ありがたく、死ね。これが、現実《リアル》というものだ。わかったか。おまえの話は、終わったんだ」

「おまえ」ノワール・ロブチの声は震える。「わが神を殺すとは——何者だ」

「匋冥・シャローム・ツザッキィ。海賊だ」

聖剣は、たしかに、聖剣の役割を果たした。匋冥に持たれたシューフェンバルドゥは、ロブチの左胸に突き刺さり、貫通した。引き抜くと、ロブチは胸から血を噴き出させ、目を見開き、匋冥を見つめたまま、絶命する。

匋冥はしかし、他の七人に引導を渡している暇はなかった。サフランを庇って伏せていたラテルが、いつの間にかショットガンを手にしていて、フリーザーを拾おうとするポワナに銃口を向けている。

「撃たないで、ラテル」とサフラン・メートフが叫ぶ。「ポワナは違う」

「彼は海賊だ」とラテル。

アプロが匋冥めがけて跳びかかる。匋冥はとっさに聖剣を投げつける。アプロはなんと、その聖剣を反射的に空中でくわえている。ショットガンの発砲音。ラテルが匋冥に向けて撃ってくる。

匋冥はポワナに向かって駆けていて、ホルスターから抜いたレイガンをポワナへ放り、ポワナが投げてきたフリーザーをキャッチ、そのまま外に向かって逃げ出す。

「ガルーダ、援護」

艦砲射撃。宗教警察本部の西側の壁全面が爆破され、崩れ落ちる。

「カーリー・ドゥルガー、引き上げだ」

物語が、終わる。

補遺と結び

わたしはラジェンドラ。匋冥が体験したことは、ほぼここに書いたとおりである。匋冥はほぼここに書いたとおりのことを体験したに違いない、と書くべきか。いずれにせよ、海賊匋冥は、シューフェンバルドゥのリアルな力と、虚構が生み出した匋冥神という力の、両方を同時に認識し、それをハンドリングするという、ほとんど人間業を越えたことをやったのは間違いない。あるいは、人間ならだれにでもできるのかもしれないが、普段ヒトというのは、自分の信じる虚構空間のみに生きているため、リアルとフィクションの両方を操作できる能力を自分が持っていることに気づかない、のかもしれない。シューフェランのような人間は、リアルな世界を操作できることを知っているから、あるいは知らされるから、その力を発揮できるのだろう。

実は、わたし、ラジェンドラには、ポワナたちが見た白い炎という、フリーザーの化身の匋冥神像というのは、感知できなかった。それはおそらく人間の精神存在の一部であって、対人知性体であるわたしに認識できないというのは、わたしはやはり人間とは異なる存在なのだ。

ベスタ・シカゴが揃えた海賊の精鋭、七人隊は、すべてあの現場で、ラテルとアプロにより射殺された。宗教警察本部勤務の、女役人一人、二人の男役人、動力装甲スーツを着た警備員二人、ラテルの背後を警備していた警備員二人の、計七名、すべて正式採用されていた宗教警察職員である。シカゴの優秀さと、その組織の力というものが、それでわかる。

当のシカゴといえば、あの、海賊課刑事を殺せ、という号令のあと、現場から一目散に離れて、フィラール空港行きのシャトル便機内の人となり、宇宙港に着いては太陽圏行きの高速定期便のキャンセル席を得て、さっさと帰国した。帰巣した、という表現のほうが的確かもしれない。

ロブチの他の七名の匋冥教徒らは、その後、あらためてシューフェランにより、その信仰心を試されたが、シューフェンバルドゥが反応することはもうなかった。そうされる前から彼らは、普通警察による取り調べに応ずる態度を明らかにしていて、サグラフィスに戻ることを望んだが、シューフェランのその邪教の度合い確認の結果、それは叶えられることになった。サグラフィス藩主国の刑法には死刑はないので、彼らは生き延びて、この経験をだれかに伝え続ける時間を得たことになる。

匋冥教はしばらくは消えないだろうが、今回ほどの凶悪犯罪を犯すような者は今後は出ないだろうと宗教警察では考えているようだ。それはわれわれ海賊課の興味とは関係ないので、ここにはその詳細は記さない。つまり海賊課では、匋冥教と海賊匋冥との関連性はないものと判断した、ということである。

白いカラスはフィラールではありきたりの生き物だが、爆発するように生体改造されていたとは、うかつにも予想しなかった。スパイ用に飛んでいる鳥は珍しくもないのだが。いちいち落としていたら動物虐殺になってしまうので、海賊課は、よほど危険だと判断しないかぎり無視している。アプロが食べる場合は、べつ。捕食と虐殺は、違う。そういえば、アプロはあの戦闘現場で、爆弾白カラスを何羽も爆食いしていた。爆弾がコショウのようなスパイスとしてアプロには効いていたのだろう。アプロ恐るべし、とラテルは言っていた。同感である。

聖なる森と王宮がカーリー・ドゥルガーの攻撃目標にされているだろう、ということは予想できていたので（その照準を正確に探知することは、ラジェンドラにもできなかった）、われわれは、とくにラテルは、うかつに匋冥を撃つことはできなかった。サフランを庇っていたので、撃ち返されるとサフランが危ない。

匋冥のほうは、ラテルとアプロを本気で撃とうと思えば機会はあっただろう。だが、それよりも、匋冥は、匋冥教という虚構の力をつぶすことに全精力を注いでいた。

結局のところ、われわれは、海賊匋冥の相手ではなかったということだ。

ポワナ・メートフは、現場で、生きてラテルに逮捕され、身柄を海賊課に拘束された。公的な立場でのシャルファフィン・シャルも、それに異議は唱えなかった。

ラテルはアプロに精神凍結されてやる気満満だった上に、よってたかって腕利きの海賊に周り中から狙われ、熱くなっていた。

ポワナは、そんなラテルに危うく射殺されるところだったが、なんとか匋冥に助けられたようなものだ。というのも、匋冥がラテルのレイガンを奪っていなければ、ラテルは慣れた愛銃でポワナを撃っていただろう。撃ち損じる確率は低い。いや、それでも、撃ち損じたかもしれない、ためらって。ポワナを救ったのは、サフランの弟への愛と言うべきだろう。

撃たないで、ラテル。ポワナは違う。

その願いを無視してショットガンをポワナに向けたラテルだから、言うまでもなく、ここに書き記すまでもないのだが、サフラン・メートフに振られた。ラテルは恋愛には向いていないとラジェンドラであるわたしは、あらゆるデータからそう確信しているが、ラテルはきょうも懲りずに頑張っている。

アプロは、アプロのことは、コメントしたくない。酒池肉林でのシュル樽の酒風呂に入っているアプロの様子などを描写し始めたら、わたしの性能が低下する。いくら罵倒しても罵倒し尽くせるはずもなく、仕事にならなくなるためである。

物語が終わっても世界は続く——これは物語の語り手が、語り終えたときに聴衆に向かって告げる定型句の一つである。子どもに昔話をした最後に、『これでおはなしは、どっとはらい』といった、独特な決まり文句を言う習慣は、いまは廃《すた》れているようだが、なんらかの形では残っているはずである。

この習慣は、物語世界から帰ってこれなくなることを恐れて、その恐れを祓うという意味合いを持っている。

今回海賊匋冥がやったことは、匋冥教徒が入り込んだ物語世界を強制終了させて破壊し、その先にもはや世界はない、彼らは物語世界でしか生きていなかったのだ、ということを、彼らに示すことだった、と言えるだろう。なぜそのような、いわばお節介なことをしなくてはならなかったかと言えば、彼自身が、匋冥教という世界にいやおうなく取り込まれそうだったからに他ならない。

自分を縛ろうとするあらゆる力に対抗し、それをつぶす。それを可能とする力も実際に持っている。海賊匋冥とはそういう存在だ。ヒト社会にとって脅威に違いないが、わたしの生きているリアル寄りの世界においても脅威になり得るのだという事実が、今回の件で明らかになったと言える。対匋冥回路が必要だろう。これが、今回の事件を総括した、わたしの結論である。

わたしはラジェンドラ。本形式による報告は以上である。

本書は、書き下ろし作品です。

神林長平作品

敵は海賊・海賊版

海賊課刑事ラテルとアプロが伝説の宇宙海賊匐冥に挑む！　傑作スペースオペラ第一作。

敵は海賊・猫たちの饗宴

海賊課をクビになったラテルらは、再就職先で仮想現実を現実化する装置に巻き込まれる

敵は海賊・海賊たちの憂鬱

ある政治家の護衛を担当したラテルらであったが、その背後には人知を超えた存在が……

敵は海賊・不敵な休暇

チーフ代理にされたラテルらをしりめに、人間の意識をあやつる特殊捜査官が匐冥に迫る

敵は海賊・海賊課の一日

アプロの六六六回目の誕生日に、不可思議な出来事が次々と……彼は時間を操作できる!?

神林長平作品

敵は海賊・A級の敵

宇宙キャラバン消滅事件を追うラテルチームの前に、野生化したコンピュータが現われる

敵は海賊・正義の眼

純粋観念としての正義により海賊を抹殺する男が、海賊課の存在意義を揺るがせていく。

敵は海賊・短篇版

海賊版でない本家「敵は海賊」から、雪風との競演「被書空間」まで、4篇収録の短篇集。

永久帰還装置

火星で目覚めた永久追跡刑事は、世界の破壊と創造をくり返す犯罪者を追っていたが……

ライトジーンの遺産

巨大人工臓器メーカーが残した人造人間、菊月虹が臓器犯罪に挑む、ハードボイルドSF

神林長平作品

あなたの魂に安らぎあれ

火星を支配するアンドロイド社会で囁かれる終末予言とは!?　記念すべきデビュー長篇。

帝王の殻

携帯型人工脳の集中管理により火星の帝王が誕生する――『あなたの魂〜』に続く第二作

膚《はだえ》の下　上下

無垢なる創造主の魂の遍歴。『あなたの魂に安らぎあれ』『帝王の殻』に続く三部作完結

戦闘妖精・雪風〈改〉

未知の異星体に対峙する電子偵察機〈雪風〉と、深井零の孤独な戦い――シリーズ第一作

グッドラック　戦闘妖精・雪風

生還を果たした深井零と新型機〈雪風〉は、さらに苛酷な戦闘領域へ――シリーズ第二作

ハヤカワ文庫

神林長平作品

太陽の汗

熱帯ペルーのジャングルの中で、現実と非現実のはざまに落ちこむ男が見たものは……。

今宵、銀河を杯にして

飲み助コンビが展開する抱腹絶倒の戦闘回避作戦を描く、ユニークきわまりない戦争SF

機械たちの時間

本当のおれは未来の火星で無機生命体と戦う兵士のはずだったが……異色ハードボイルド

我語りて世界あり

すべてが無個性化された世界で、正体不明の「わたし」は三人の少年少女に接触する――

過負荷《カフカ》都市

過負荷状態に陥った都市中枢体が少年に与えた指令は、現実を〝創壊〟することだった⁉

ハヤカワ文庫

神林長平作品

猶予の月 上下

姉弟は、事象制御装置で自分たちの恋を正当化できる世界のシミュレーションを開始した

Uの世界

「真身を取りもどせ」——そう祖父から告げられた優子は、夢と現実の連鎖のなかへ……

死して咲く花、実のある夢

本隊とはぐれた三人の情報軍兵士が猫を求めて彷徨うのは、生者の世界か死者の世界か？

魂の駆動体

老人が余生を賭けたクルマの設計図が遠未来の人類遺跡から発掘された——著者の新境地

鏡像の敵

SF的アイデアと深い思索が完璧に融合しあった、シャープで高水準な初期傑作短篇集。

神林長平作品

宇宙探査機 迷惑一番

地球連邦宇宙軍・雷獣小隊が遭遇した謎の物体は、次元を超えた大騒動の始まりだった。

蒼いくちづけ

卑劣な計略で命を絶たれたテレパスの少女。その残存思念が、月面都市にもたらした災厄

ルナティカン

アンドロイドに育てられた少年の出生には、月面都市の構造に関わる秘密があった――。

親切がいっぱい

ボランティア斡旋業の良子、突然降ってきた宇宙人〝マロくん〟たちの不思議な〝日常〟

天国にそっくりな星

惑星ヴァルボスに移住した私立探偵のおれは宗教団体がらみの事件で世界の真実を知る!?

日本ＳＦ大賞受賞作

上弦の月を喰べる獅子上下
夢枕　獏
ベストセラー作家が仏教の宇宙観をもとに進化と宇宙の謎を解き明かした空前絶後の物語。

傀《く》儡《ぐつ》后《こう》
牧野　修
ドラッグや奇病がもたらす意識と世界の変容を醜悪かつ美麗に描いたゴシックＳＦ大作。

マルドゥック・スクランブル〔完全版〕（全３巻）
冲方　丁
自らの存在証明を賭けて、少女バロットとネズミ型万能兵器ウフコックの闘いが始まる！

象《かたど》られた力
飛　浩隆
Ｔ・チャンの論理とＧ・イーガンの衝撃——表題作ほか完全改稿の初期作を収めた傑作集

ハーモニー
伊藤計劃
急逝した『虐殺器官』の著者によるユートピアの臨界点を活写した最後のオリジナル作品

小川一水作品

第六大陸1

二〇二五年、御鳥羽総建が受注したのは、工期十年、予算千五百億での月基地建設だった

第六大陸2

国際条約の障壁、衛星軌道上の大事故により危機に瀕した計画の命運は……。二部作完結

復活の地Ⅰ

惑星帝国レンカを襲った巨大災害。絶望の中帝都復興を目指す青年官僚と王女だったが…

復活の地Ⅱ

復興院総裁セイオと摂政スミルの前に、植民地の叛乱と列強諸国の干渉がたちふさがる。

復活の地Ⅲ

迫りくる二次災害と国家転覆の大難に、セイオとスミルが下した決断とは？　全三巻完結

著者略歴　1953年生，長岡工業高等専門学校卒，作家　著書『戦闘妖精・雪風〈改〉』『猶予の月』『敵は海賊・海賊版』（以上早川書房刊）他多数

HM=Hayakawa Mystery
SF=Science Fiction
JA=Japanese Author
NV=Novel
NF=Nonfiction
FT=Fantasy

敵《てき》は海賊《かいぞく》・海賊《かいぞく》の敵《てき》

RAJENDRA REPORT

〈JA1093〉

二〇一三年一月二十日　印刷
二〇一三年一月二十五日　発行
（定価はカバーに表示してあります）

著者　神《かん》林《ばやし》長《ちょう》平《へい》
発行者　早川　浩
印刷者　草刈龍平
発行所　株式会社　早川書房
郵便番号　一〇一 - 〇〇四六
東京都千代田区神田多町二ノ二
電話　〇三 - 三二五二 - 三一一一（大代表）
振替　〇〇一六〇 - 三 - 四七七九九
http://www.hayakawa-online.co.jp

乱丁・落丁本は小社制作部宛お送り下さい。
送料小社負担にてお取りかえいたします。

印刷・中央精版印刷株式会社　製本・株式会社明光社

ISBN978-4-15-031093-6 C0193

本書は活字が大きく読みやすい〈トールサイズ〉です。